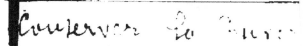

" *Petite Collection Guillaume* "

GŒTHE

Werther

· PARIS

E. DENTU, ÉDITEUR

3, Place de Valois, 3

M DCCC XCII

Si eſt liſures que ne ſe peuvent ignorer,
ſi tant plus ne peuvent ne ſe poſſeſder.

...

NELUMBO

Werther

" Petite Collection Guillaume "

GŒTHE

—

Werther

Illustrations de Marold

PARIS

E. DENTU, ÉDITEUR
3, Place de Valois, 3

—

M DCCC XCII

IL A ÉTÉ TIRÉ DE CET OUVRAGE
quelques exemplaires sur vélin de cuve
des papeteries du Marais.

GŒTHE

GŒTHE

—

Jean Wolfgang Gœthe est né à Francfort-sur-le-Mein, en 1749, — il publia *Werther,* en 1774, — ce livre, eut un succès considérable.

La traduction, que nous donnons ici, est empruntée à la Bibliothèque Nationale, cette populaire et intelligente collection.

Gœthe a publié *le Comte d'Egmont,* en 1775 ; *Wilhem Meister,* en 1777 ; *Iphigénie en Tauride,* en 1786 ; *Torquato-Tasso,* en 1790 ; *Hermann et Dorothée,* en 1797 et *Faust,* commencé en 1790, ne fut terminé qu'en 1831,

Ce grand et puissant écrivain est mort à Weimar, le 22 mars 1832.

Werther

—

PREMIÈRE PARTIE

PRÉFACE

J'ai recueilli avec soin tout ce que j'ai pu trouver des mémoires du malheureux Werther ; je le mets sous vos yeux ; je sais que vous m'en saurez gré. Vous ne pouvez refuser votre admiration à son génie, votre tendresse à son caractère, ni vos larmes à son sort.

Et toi, âme douce et sensible, qui souffres

les mêmes peines, que ce livre soit ton ami, si, par la rigueur du sort, ou par ta propre faute, tu ne peux en trouver un meilleur à ta portée.

Que je suis content d'être parti! O le
meilleur de mes amis, qu'est-ce donc que
le cœur de l'homme? Je t'ai quitté, toi
que j'aime, toi dont j'étais inséparable, je
t'ai quitté, et j'éprouve du plaisir! Mais
je sais que tu me pardonnes. Mes autres
liaisons, le sort ne semblait-il pas me les

avoir fait contracter de nature à inquiéter,
à tourmenter un cœur comme le mien ?
La pauvre Léonore ! Et poutant j'étais
innocent. Était-ce ma faute si une trop
vive tendresse s'allumait dans son cœur
malheureux, tandis que je ne songeais
qu'à admirer la beauté piquante de sa
sœur ? Cependant suis-je tout à fait innocent ? N'ai-je pas entretenu sa passion ?
Ne me suis-je pas souvent amusé de ces
expressions dictées par la nature et la
vérité, et qui nous ont fait rire tant de
fois, bien qu'elles ne fussent rien moins
que risibles ? N'ai-je pas ?..... Qu'est-ce
donc que l'homme, et comment ose-t-il
se lamenter ! Je me corrigerai, oui, mon
ami, je te le promets. Je ne veux plus
retourner en arrière et m'appesantir sur
le souvenir douloureux des chagrins que
le sort mêle dans la coupe de la vie.
Je jouirai du présent, et le passé sera
passé pour moi. Certes, tu as raison,
cher ami, la dose de tristesse serait
moindre parmi les hommes (Dieu sait
pourquoi ils sont ainsi faits) s'ils exal-
taient moins leur imagination pour se
retracer le souvenir de leurs maux passés,

au lieu de supporter le présent avec
sang-froid.

Dis à ma mère, je te prie, que je
m'acquitterai de mon mieux de sa com
mission, et que je lui en donnerai des
nouvelles au premier jour. J'ai parlé à
ma tante ; ce n'est point la méchante nature qu'on m'avait dépeinte : c'est une
femme gaie, vive jusqu'à l'emportement,
mais son cœur est excellent. Je lui ai
exposé les griefs de ma mère à propos
de la portion d'héritage qu'on lui retient.
Elle m'a montré ses titres, exposé ses
raisons, ainsi que les conditions auxquel-
les elle est prête à nous rendre même
plus que nous ne demandons. — Mais
brisons là. Dis à ma mère que tout ira
bien. Eh ! mon ami, j'ai trouvé, dans
cette chétive affaire, que la tiédeur et la
mésintelligence causent plus de désordres
dans ce monde que la ruse et la méchan-
ceté ; du moins les deux dernières sont-
elles plus rares.

Au reste, je me trouve bien ici. La
solitude dans ce paradis terrestre est un
baume pour mon cœur, qui se sent ranimer, réchauffer par les charmes de la

saison. Pas une haie, pas un arbre qui
ne soit un bouquet de fleurs, et l'on
voudrait être papillon, pour nager dans
cette mer de parfums, et pouvoir y trouver toute sa nourriture.

La ville est désagréable, mais la nature brille aux environs dans toute sa
beauté. C'est ce qui a engagé le feu
comte de M*** à faire planter un jardin
sur l'une des collines, où la nature
répand ses trésors avec une profusion et
une variété incroyables, qui forment un
si agréable paysage. Ce jardin est simple,
et l'on sent en y entrant que celui qui
en a tracé le plan était moins un jardinier esclave des règles qu'un homme
sensible, qui voulait y jouir de lui-
même. J'ai déjà donné plusieurs fois des
larmes à sa mémoire dans le bosquet qui
tombe en ruines, dont il faisait sa retraite
favorite, et dont je fais la mienne. Je
serai bientôt maître du jardin. Depuis le
peu de jours que je suis ici, j'ai mis le
jardinier dans mes intérêts, et il n'aura
pas lieu de s'en repentir.

10 mai.

Il règne dans mon âme une sérénité étonnante, semblable à ces douces matinées du printemps, dont le charme enivre mon cœur. Je suis seul, et la vie me paraît délicieuse dans ce séjour fait pour des esprits tels que le mien. Je suis si heureux, mon cher ami, si absorbé dans le sentiment de ma tranquille existence, que mon art en souffre : je ne puis plus dessiner : pas un coup de crayon, et jamais je ne fus si grand peintre. Quand cette plaine riante qui m'est si chère se couvre d'une épaisse vapeur ; que le soleil levant essaye de pénétrer dans l'obscurité de mon sanctuaire ; que quelques rayons seulement se glissent entre les feuillages ; que je suis au pied de la cascade, dans l'herbe où je suis couché, et que mon œil rapproché ainsi de la terre y découvre mille simples de toute espèce ; quand je contemple de plus près ce petit monde, qui fourmille entre les chalumeaux, les formes innombrables, et les nuances imperceptibles des vermisseaux et des insectes, et que je

sens en moi la présence de l'Être tout-
puissant qui nous a formés à son image,
et dont le souffle nous soutient, nous
porte au milieu de cette source éternelle
de jouissances : ami, quand j'ai les yeux
fixés sur tous ces objets, et que ce vaste
univers va se graver dans mon âme,
comme l'image d'une bien-aimée ; alors
je sens mes désirs qui s'enflamment, et je
me dis à moi-même : Ah ! si tu pouvais
exprimer ce que tu sens si fortement !
Ce dont tu es si pénétré, si échauffé, que
ne peux-tu l'exhaler sur ce papier et le
rendre par là le miroir de ton âme, comme
ton âme est le miroir de l'Être éternel !
Ami... Mais le sublime de ces images me
confond et m'écrase.

12 mai.

Je ne sais si ce sont des esprits enchan-
teurs qui errent dans cette contrée, ou si
c'est l'imagination céleste qui s'est empa-
rée de mon cœur, et qui donne un air
de paradis à tout ce qui m'environne.

Tout près d'ici est une source, une
source où je suis ensorcelé comme Mélu-

sine et ses sœurs. Après avoir descendu
une petite colline, on se trouve devant
une voûte profonde d'environ vingt mar-
ches, au bas de laquelle l'eau la plus
pure tombe goutte à goutte à travers le
marbre. Le petit mur qui environne cette
grotte, les arbres élevés qui la couron-
nent, la fraîcheur de l'endroit, tout
inspire je ne sais quel sentiment de vé-
nération et de terreur. Il n'y a point de
jour que je n'y passe une heure. Les
jeunes filles de la ville viennent y puiser
de l'eau; fonction la plus modeste, mais
la plus utile, et que les filles mêmes des
rois ne rougissaient point jadis de remplir. Lorsque j'y suis assis, l'idée de la
vie patriarcale revit en moi; il me semble
voir ces vieillards faire connaissance à la
fontaine, et se demander mutuellement
leurs filles pour leurs fils; je crois voir
des esprits bienfaisants errer autour des
puits et des sources. Mon ami, celui qui
ne partage pas ces sensations n'a jamais
goûté le frais au bord d'une source pure,
après une journée de marche pendant les
chaleurs brûlantes de l'été.

13 mai.

Tu me demandes si tu dois m'envoyer
mes livres ? Au nom de Dieu, mon ami,
laisse-moi respirer. Je ne veux plus être
conduit, excité, aiguillonné. Ah ! mon
cœur est un torrent qui roule avec assez
de véhémence. Il me faut des chants qui
me bercent, et mon Homère m'en fournit
assez. Combien de fois n'y ai-je pas eu
recours pour apaiser le bouillonnement
de mon sang ! Car tu n'as rien vu de si
inégal, de si inquiet que mon cœur.
Ai-je besoin de te le dire, à toi qui as eu
si souvent le déplaisir de me voir passer
tout à coup de la douleur à des transports de joie, et d'une douce mélancolie
aux orages de la passion ? Je traite mon
cœur comme un enfant malade : tout ce
qu'il veut lui est accordé. Ne dis cela à
personne ; il y a des gens qui m'en
feraient un crime.

15 mai.

Je suis déjà connu ici des gens du
hameau, qui m'aiment beaucoup, surtout

les enfants. J'ai fait une fâcheuse obser-
vation. Au commencement, lorsque je les
approchais, et que je les questionnais
avec amitié, quelques-uns d'entre eux me
quittaient brusquement, dans l'idée que
je voulais me moquer d'eux. Je ne me
rebutai pas pour cela, mais je sentais
bien vivement ce que j'ai plus d'une fois
observé. Les hommes d'un certain rang
se tiennent toujours dans un froid éloignement du peuple, comme s'ils craignaient
en s'en rapprochant de perdre quelque
chose de leur dignité ; et puis il y a de
certains étourdis, de mauvais plaisants,
qui semblent ne se rapprocher du peuple
que pour le blesser de leurs mépris mo-
queurs.

Je sais bien que nous ne sommes pas
tous égaux, et que nous ne saurions
l'être ; mais il me semble que celui qui
croit avoir besoin de se tenir à une
certaine distance de ce qu'il appelle le
peuple, pour s'en faire respecter, n'a pas
moins de torts qu'un poltron qui se
cache de son adversaire parce qu'il craint
de succomber.

La dernière fois que je suis allé à la

fontaine, j'y ai trouvé une jeune servante qui avait posé son vase sur la dernière marche ; elle regardait autour d'elle pour voir si elle n'apercevrait pas quelqu'une de ses amies qui pût l'aider à le poser sur sa tête.

Je suis descendu, et, après l'avoir considérée un instant :

« Ma belle enfant, » lui ai-je dit, « voulez-vous que je vous aide ?

— Oh ! monsieur, » a-t-elle répondu en rougissant.

« Allons, sans façons. »

Elle arrangea son coussinet ; je l'aidai à mettre son vase sur sa tête. Elle m'a remercié, puis elle est remontée.

17 mai.

J'ai fait des connaissances de toute espèce, mais je n'ai point encore de société. Je ne sais ce que je puis avoir d'attrayant aux yeux des hommes, mais ils me recherchent avec empressement ; ils sont, pour ainsi dire, pendus autour de moi, et je suis bien fâché toutes les fois que notre chemin ne nous permet

... je suis allé à la
fontaine, j'y ai trouvé
une jeune servante.

pas d'aller longtemps ensemble. Si tu me
demandes comment les hommes sont ici,
je te dirai qu'ils y sont comme partout
ailleurs. L'espèce humaine est uniforme :
la plupart travaillent une bonne partie du
jour pour gagner leur vie, et le peu de
liberté qui leur reste leur est tellement
à charge, qu'ils cherchent tous les moyens
possibles de s'en délivrer. O destinée de
l'homme !

Après tout, ce sont d'assez bonnes
gens. Lorsque je m'oublie quelquefois, et
que je me livre avec eux à la jouissance
des plaisirs qui restent encore aux
hommes, comme de s'amuser avec cor-
dialité autour d'une table bien servie,
d'arranger une partie de promenade en
voiture, un bal ou autres choses semblables, cela produit sur moi un heureux
effet, mais il ne faut pas qu'il me vienne
alors dans la pensée qu'il y a en moi
tant d'autres facultés dont les ressorts se
rouillent faute d'être mis en jeu, et qu'il
faut que je cache avec le plus grand
soin. Ah ! cette idée rétrécit le cœur ! et
cependant, mon ami, c'est souvent notre
sort, de nous voir méconnus.

Hélas ! pourquoi l'amie de ma jeunesse n'est-elle plus ! Pourquoi l'ai-je jamais connue ! Je me dirais : Insensé ! tu cherches ce qui n'est point ici-bas. Mais je l'avais trouvée, mais j'ai senti ce cœur, cette âme noble, dont la présence me faisait paraître à mes propres yeux plus grand que je n'étais, parce que j'étais tout ce que je pouvais être. Grand Dieu ! y avait-il alors une seule de mes facultés qui fût inactive ! Ne pouvais-je pas développer devant elle ce toucher merveilleux avec lequel mon cœur embrasse toute la nature ! Notre commerce n'était-il pas un échange continuel des sentiments les plus raffinés, de l'esprit le plus subtil, dont toutes les évolutions, jusque... portaient l'empreinte du génie ! Et maintenant... hélas ! Les années qu'elle avait de plus que moi l'ont conduite avant moi au tombeau. Jamais je ne l'oublierai, jamais je n'oublierai cette fermeté d'âme, cette indulgence de caractère, et ce courage plus qu'humain avec lequel elle savait souffrir.

J'ai fait, il y a quelques jours, la rencontre de M. V... C'est un garçon ouvert, et qui a la physionomie fort heureuse.

Il sort de l'Université, et quoiqu'il ne se regarde pas comme un savant, il se croit pourtant plus instruit qu'un autre. D'après toutes mes observations, j'ai vu que c'était un jeune homme appliqué, et qui a de belles connaissances. Dès qu'il a eu appris que je dessinais, et que je savais le grec, deux phénomènes dans ce pays-ci, il s'est attaché à moi, m'a étalé tout son savoir, depuis Batteux jusqu'à Wood ; depuis de Piles jusqu'à Winckelmann ; et il m'a assuré qu'il avait lu toute la première partie de la *Théorie* de Sulzer, et qu'il possédait un manuscrit de Heyne sur l'étude de l'antique. Je l'ai laissé parler.

J'ai fait encore la connaissance d'un digne mortel, le bailli du prince : c'est un homme franc et loyal. On dit que c'est un spectacle touchant de le voir au milieu de ses neuf enfants. On parle surtout beaucoup de sa fille aînée. Il m'a invité à aller le voir, ce que je ferai au premier jour. Il demeure à une lieue et demie d'ici, à une maison de chasse du prince, où, après la mort de sa femme, il a obtenu la permission de se retirer,

ne pouvant plus supporter le séjour de la
ville, et surtout de la maison du bailliage,
qui lui rappelait sans cesse la perte qu'il
avait faite.

En outre, j'ai trouvé ici plusieurs ori-
ginaux; tout en eux m'est insupportable,
jusqu'à leurs protestations d'amitié.

Adieu. Cette lettre te plaira, elle est
tout historique.

22 mai.

D'autres ont dit avant moi que la vie
n'est qu'un songe, et c'est un sentiment
qui me suit partout. Quand je considère
les bornes étroites dans lesquelles se
circonscrivent les facultés actives et spé-
culatives de l'homme; quand je vois que
toute son activité et son énergie ne tendent qu'à satisfaire des besoins qui, à
leur tour, n'ont d'autre but que de prolonger une malheureuse existence, et que
toute notre tranquillité sur certains points
de nos recherches n'est qu'une résignation
aveugle, et que nous nous amusons à
peindre mille figures bigarrées et de riants
points de vue sur les murs qui nous

tiennent enfermés, tout cela, Guillaume,
me rend muet. Je rentre en moi-même,
et j'y trouve un monde ! Mais, semblable
au monde extérieur, il se manifeste moins
par la réalité que par un pressentiment
vague, un désir que j'ai peine à démêler.
Bientôt ces chimères de mon imagination
s'évanouissent ; je souris et je continue
mon premier rêve.

Que les enfants ne connaissent point
les motifs de leur volonté, c'est un point
sur lequel tous les pédants sont d'accord ;
mais que les hommes faits, ces grands
enfants, se traînent en chancelant sur ce
globe sans savoir, non plus que les petits,
ni d'où ils viennent, ni où ils vont ; qu'ils
n'aient point de but plus certain dans
leurs actions et qu'on les gouverne de
même avec des biscuits, des gâteaux et
des verges, c'est ce que personne ne
croira volontiers, et cependant la chose
saute aux yeux.

Je t'avoue sans peine (car je sais ce
que tu pourrais me dire là-dessus) que
ceux-là sont les plus heureux, qui, comme
les enfants, ne vivent que pour le présent, promènent, déshabillent, habillent

leur poupée, tournent avec le plus grand respect autour du tiroir où maman renferme ses bonbons, et qui, lorsqu'ils attrapent ce qu'ils désirent, le dévorent avidement, et s'écrient : Encore ! Ce sont là, sans doute, d'heureuses créatures ! Heureux encore ceux qui, donnant à leurs occupations futiles, ou même à leurs passions, des titres pompeux, les passent en compte au genre humain, comme des exploits de géants, entrepris pour son salut, sa gloire et son bien-être ! Heureux qui peut penser ainsi ! Mais celui qui, dans l'humilité de son cœur, voit où cela aboutit ; qui voit avec quel plaisir ce petit bourgeois fait de son petit jardin un paradis, et avec quelle résignation le malheureux, courbé sous le poids de sa misère, poursuit tout haletant son chemin : qui voit, dis-je, que tous sont également intéressés à contempler une minute de plus la lumière de ce soleil, oui, celui-là est tranquille ; il bâtit son monde de lui-même, et il est heureux aussi parce qu'il est homme. Quelque borné qu'il soit, il nourrit toujours, au fond de son cœur, le doux sentiment de la liberté, et caresse l'idée qu'il pourra quitter cette prison quand il voudra.

26 mai.

Tu connais depuis longtemps ma manière de me loger ; tu sais que je choisis des endroits écartés, où je puisse m'enivrer de solitude. J'ai trouvé ici un petit endroit qui m'a séduit.

Environ à une lieue de la ville est un endroit qu'on appelle Wahlheim ; sa situation auprès d'une colline est magnifique, et, lorsqu'on sort du village par le sentier, on découvre d'un coup d'œil toute la vallée.

Une bonne femme complaisante, vive encore pour son âge, vend du vin, de la bière et du café ; mais ce qui me vaut bien mieux que tout cela, ce sont deux tilleuls dont les rameaux étendus couvrent la petite place devant l'église, qui est environnée de chaumières et de granges. Ce n'a pas été sans peine que j'ai trouvé un endroit aussi solitaire et aussi retiré ; j'y ai fait porter, de la maison de l'hôtesse, ma petite table avec une chaise, et j'y prends mon café, en lisant mon Homère.

La première fois que, l'après-midi d'un beau jour, le hasard me conduisit sous ces tilleuls, la petite place était déserte ; tous les paysans étaient aux champs.

Il n'y avait qu'un petit garçon de quatre ans, qui était assis à terre ; il tenait entre ses jambes un autre enfant de six mois, appuyé contre sa poitrine, de manière à lui servir de siège ; et malgré la vivacité avec laquelle ses yeux noirs regardaient autour de lui, il se tenait fort tranquille.

Ce spectacle me fit plaisir ; je m'assis sur une charrue qui était tout auprès, et je dessinai avec le plus grand plaisir cette attitude fraternelle ; j'y ajoutai un bout de haie, la porte d'une grange, et quelques débris de roues de charrette, dans le même désordre où tout cela se trouvait, en sorte qu'au bout d'une heure je me trouvai avoir fait un petit dessin d'une composition agréable et intéressante, sans y avoir rien mis du mien. Cela me confirma dans ma résolution de ne consulter désormais que la nature. Elle seule est d'une richesse inépuisable ; elle seule forme les grands artistes.

Il y a beaucoup de choses à dire en
faveur des règles, à peu près ce qu'on
pourrait avancer à la louange des lois de
la société : un artiste qui se forme d'après
les règles ne produira jamais rien d'absolument mauvais ; de même que celui qui
se modèle sur les lois et sur la bienséance
ne peut jamais être un voisin insupportable, ni un insigne malfaiteur. Mais,
quoi qu'on en dise, toute règle ne sert
qu'à altérer le vrai sentiment de la nature
et sa pure expression. — Exagération !
me répondras-tu. — Non, je n'avance rien
de trop ! les règles ne font qu'émonder
les rameaux superflus, fixer des bornes
convenables... Mon cher ami, puis-je te
faire une comparaison ? Il en est de cela
comme de l'amour : un jeune cœur est
attaché à une belle ; il passe toutes les
heures du jour auprès d'elle et prodigue
toutes ses forces et tout son bien pour lui
prouver à chaque instant qu'il s'est donné
à elle sans réserve. Arrive un petit bourgeois, un homme en place, et cet homme
grave de dire à cet amant :

« Mon jeune ami, aimer est humain,
vous devez donc aimer par humanité.

Partagez vos heures, donnez-en une partie
au travail, et n'accordez à votre maitresse
que vos instants de récréation. Comptez
avec vous-même; et si, après les frais du
nécessaire, il vous reste quelque chose,
je ne vous défends pas de lui faire un
petit présent, pourvu que cela n'arrive
pas trop souvent : l'anniversaire de sa
naissance, le jour de sa fête, etc. »

Que le jeune homme suive ces sages
avis, ce sera sans doute un sujet fort
utile, et je conseillerai même au premier
prince venu de le placer dans une admi-
nistration; mais c'en est fait de son
amour; et si c'est un artiste, il a manqué
son talent.

O mes amis ! pourquoi le fleuve du
génie déborde-t-il si rarement ? Pourquoi si rarement le voyez-vous sou-
lever ses flots impétueux, et porter des
secousses dans vos âmes étonnées ? Mes
chers amis, les personnages flegmatiques
se sont arrangés placidement sur les deux
côtés du rivage; ils savent que l'inon-
dation détruirait leurs maisonnettes, leurs
planches de tulipes, leurs potagers; et à
force de détourner son cours et de lui

opposer des digues, ils préviennent le danger qui les menace.

27 mai.

Je me suis perdu, à ce que je vois, dans l'enthousiasme, les comparaisons, les déclamations, et cela m'a fait oublier de te dire ce que devinrent les deux enfants. Je restai bien deux heures assis sur ma charrue, et enfoncé dans les idées pittoresques, que je t'expose d'une manière assez décousue dans ma lettre d'hier.

Sur le soir, une jeune femme vint droit aux enfants, qui, pendant tout ce temps-là, ne s'étaient point dérangés. Elle tenait un panier à son bras.

« Philippe, » cria-t-elle de loin, « tu es un bon garçon. »

Elle me salua, je lui rendis son salut, me levai, m'approchai d'elle, et lui demandai si elle était la mère de ces jolis enfants. Elle me dit que oui ; et après avoir donné la moitié d'un petit pain à l'aîné, elle prit le plus jeune dans ses bras, et le baisa avec toute la tendresse d'une mère.

« J'ai donné, » dit-elle, « le petit en garde
à mon Philippe, et j'ai été à la ville avec
mon aîné, pour y acheter du pain blanc,
du sucre, et un poêlon de terre. » Je vis
tout cela dans son panier, dont le cou-
vercle était tombé. — « Je veux faire ce
soir une petite soupe à Jean. » — C'est le
nom du petit. — « Hier, mon espiègle
d'aîné me cassa mon poêlon, en se dispu-
tant avec le pauvre Philippe, pour le gra-
tin de la bouillie. »

Je demandai où était l'aîné, et elle
m'avait à peine répondu qu'il était à
courir dans la plaine après deux oies,
qu'il vint à nous en sautant, et apporta à
son cadet une petite baguette de coudrier.

Je continuai de m'entretenir avec cette
femme et j'appris qu'elle était fille du
maître d'école, et que son mari était allé
en Suisse, pour y recueillir une succession.

« On voulait, » dit-elle, « l'en frustrer ;
on ne répondait point à ses lettres, eh bien !
il s'est transporté lui-même sur les lieux.
Pourvu qu'il ne lui soit point arrivé d'accident ! je n'en reçois point de nouvelles. »

Il m'en coûta de me séparer de cette
bonne femme. Je donnai un kreutzer à

chacun de ses enfants ; j'en donnai aussi
un à la mère pour le petit, en lui disant
de lui acheter, lorsqu'elle irait à la ville,
un petit pain pour sa soupe ; ensuite
nous prîmes congé l'un de l'autre.

Je te l'avoue, mon cher ami, quand je
ne suis plus maître de mes sens, rien
n'apaise mieux leur tumulte que la vue
d'une semblable créature, qui, dans une
heureuse insouciance, parcourt le cercle
étroit de son existence, vit tout doucement au jour le jour, et voit tomber les
feuilles sans penser à rien, sinon que
l'hiver approche.

Depuis ce temps-là, j'y vais fort souvent. Les enfants sont tout à fait accoutumés à moi. Je leur donne du sucre
lorsque je prends mon café ; et le soir ils
partagent avec moi leur beurrée et leur
lait caillé. Le dimanche, leur kreutzer ne
leur manque jamais, et quand je ne m'y
trouve pas après vêpres, la cabaretière a
ordre de faire la petite distribution.

Ils sont familiers, et me font des
contes de toute espèce. Je m'amuse particulièrement de leurs petites passions, et
de la naïveté avec laquelle ils laissent

voir leur jalousie, lorsque plusieurs
enfants du village se rassemblent autour
de moi. J'ai eu bien de la peine à tranquilliser la mère qui, dans son inquiétude, leur criait sans cesse :

« Vous incommodez le Monsieur. »

Ce que je te disais dernièrement de la
peinture peut certainement s'appliquer
aussi à la poésie : en effet, il ne s'agit
que de reconnaître le vrai beau, et d'oser
l'exprimer ; c'est, à la vérité, dire beaucoup en peu de mots. J'ai été aujourd'hui
témoin d'une scène qui, bien rendue,
serait la plus belle idylle du monde :
mais à quoi bon parler ici de poésie, de
scène et d'idylle ? Pourquoi toujours porter des chaines, quand on veut prendre
part à un effet de nature ?

Si, d'après ce début, tu espères quelque
chose de grand et de magnifique, ton
attente sera trompée. Ce n'est qu'un
simple villageois qui a produit toute mon
émotion. Selon ma coutume, je racon-
terai mal ; et je pense que, selon la
tienne, tu me trouveras outré. C'est
encore Wahlheim, et toujours Wahlheim
qui enfante ces merveilles.

4

Une société s'était réunie sous les tilleuls pour prendre le café ; comme elle ne me plaisait pas trop, je cherchai un prétexte pour rester en arrière.

Un jeune paysan sortit d'une maison voisine, et vint raccommoder quelque chose à la charrue que j'avais dessinée depuis peu. Son air me plut, je l'accostai : je lui adressai quelques questions sur sa situation ; et en un moment la connaissance fut faite d'une manière assez intime, comme il m'arrive assez ordinairement avec ces bonnes gens.

Il me raconta qu'il était au service d'une veuve qui le traitait avec bonté. Il m'en parla tant, et en fit tellement l'éloge, que je découvris bientôt qu'il s'était dévoué à elle de corps et d'âme.

« Elle n'est plus jeune, » me dit-il, « elle a été malheureuse avec son premier mari, et ne veut point se remarier. »

Tout son récit montrait si vivement combien elle était belle, ravissante à ses yeux, à quel point il souhaitait qu'elle voulût faire choix de lui pour effacer le souvenir des torts du défunt, qu'il faudrait te répéter ses paroles mot à mot

pour te peindre la pure inclination,
l'amour et la fidélité de cet homme.

Il faudrait posséder le talent du plus
grand poète, pour te faire sentir tout à la
fois l'expression de ses gestes, l'harmonie
de sa voix et le feu de ses regards.

Non, aucun langage ne rendrait la
tendresse qui animait ses yeux et son
maintien ; je ne produirais rien que de
lourd. Je fus particulièrement touché des
craintes qu'il avait que je ne vinsse à
concevoir des idées injustes sur ses rapports avec elle, ou à la soupçonner d'une
conduite qui ne fût pas irréprochable.

Je ne puis retracer que dans le fond
de mon cœur le sentiment que j'éprouvai
à l'entendre parler de la figure de cette
femme, qui, malgré la perte de sa première fraicheur, le captivait, l'enchainait
si fortement.

De ma vie je n'ai vu désirs plus
ardents, passion plus véhémente accom-
pagnée de tant de pureté ; je puis même
le dire, je n'avais jamais imaginé, rêvé
cette pureté.

Ne me gronde pas, si je te dis qu'au
souvenir de tant d'innocence et d'énergie,

mon âme s'exalte; l'image de cette tendresse si vraie me poursuit partout; et
comme embrasé des mêmes feux, je
languis, je me meurs.

Je vais chercher à voir au plus tôt
cette femme. Mais non, si j'y pense
bien, je l'éviterai. Il vaut mieux ne la
voir que par les yeux de son amant;
peut-être aux miens ne paraîtrait-elle pas
telle qu'elle est à présent devant moi,
et pourquoi chercher à gâter une si belle
image ?

16 juin.

D'où vient que je ne t'écris pas ?
Quoi! tu me fais cette question, et tu
passes pour un savant entre les savants!
Ne devrais-tu pas deviner que je me
trouve bien, et même... Bref, j'ai fait
une connaissance qui touche de plus près
à mon cœur. J'ai... je ne sais ce que j'ai.

J'aurais bien de la peine à te dire par
ordre comment j'ai fait la connaissance
de la plus aimable créature. Je suis
content et heureux, par conséquent,
mauvais historien.

Un ange!... Fi! Tout homme en dit

autant de sa maîtresse ! Et cependant je ne suis pas en état de te dire combien elle est parfaite, pourquoi elle est parfaite ; il suffit que tu saches qu'elle a captivé tous mes sens.

Tant de simplicité avec tant d'esprit ; tant de bonté avec tant de fermeté, et le repos de l'âme au milieu de la vie réelle, la vie active !

Tout ce que je dis d'elle n'est qu'un verbiage maussade, que de froides abstractions qui ne rendent pas un seul de ses traits. Une autre fois... Non, il faut que je te conte le fait tout de suite ou jamais. Si je remets, il n'y faut plus penser. Car, entre nous, depuis que j'ai commencé cette lettre, j'ai déjà trois fois été sur le point de jeter la plume, de faire seller mon cheval et de partir, et cependant je me suis juré ce matin de ne point sortir aujourd'hui. A tout moment, je vais à ma fenêtre, pour voir si le soleil est encore bien haut...

Je n'ai pu y tenir, il m'a fallu y aller. Me voici de retour, mon cher Guillaume,

et je vais faire mon petit repas champêtre en t'écrivant. Quel transport pour
mon âme que de voir ses frères et
sœurs, ces huit enfants si vifs, si aima-
bles, former un cercle autour d'elle !

Si je continue sur ce ton-là, tu n'en
sauras pas plus à la fin qu'au commencement. Écoute donc, je vais tâcher de
mettre de l'ordre dans mon récit et de
multiplier les détails.

Je t'ai écrit dernièrement que j'avais
fait la connaissance du bailli S... et
qu'il m'avait invité à l'aller voir bientôt
dans son ermitage, ou plutôt dans son
petit royaume. Je négligeai de le faire,
et peut-être n'aurais-je jamais pensé à
cette visite, si le hasard ne m'eût dé-
couvert le trésor caché dans ce canton
solitaire.

Nos jeunes gens avaient arrangé un
bal à la campagne; et je consentis par
complaisance à être de la partie. Je
choisis pour ma compagne une jolie fille
d'ici, d'un bon caractère, mais qui n'avait
d'ailleurs rien de piquant; il fut arrêté
que j'aurais une voiture, que je condui-
rais ma danseuse et sa tante au lieu de

l'assemblée, et que nous prendrions en chemin Charlotte S...

« Vous allez faire la connaissance d'une belle personne, » me dit ma compagne, lorsqu'au travers d'un bois éclairci et bien percé, notre voiture nous conduisait à la maison de chasse.

« N'allez pas en devenir amoureux, » ajouta la tante.

« Pourquoi cela ?

— Elle est déjà promise à un fort galant homme, que la mort de son père a obligé de faire un voyage, pour aller mettre ses affaires en ordre, et pour solliciter un emploi important. »

J'appris ces particularités avec assez d'indifférence.

Le soleil allait bientôt se coucher derrière la montagne, lorsque notre voiture s'arrêta à l'entrée de la cour. Il faisait extrêmement chaud, et les dames témoignèrent leur inquiétude à cause d'un orage qui semblait se former dans les nuages grisâtres et sombres qui bordaient l'horizon. Je dissipai leur crainte en affectant une grande connaissance du temps, quoique je commençasse moi-

même à me douter que notre partie en
serait dérangée.

J'avais mis pied à terre. Une servante
qui vint à la porte nous pria d'attendre
un moment, que mademoiselle Lolotte
ne tarderait pas à venir.

Je traversai la cour pour me rendre à
cette jolie maison ; je montai le perron,
et, lorsque j'entrai dans l'appartement,
mes yeux furent frappés du plus touchant
spectacle que j'ai vu de ma vie.

Six enfants, depuis l'âge de deux ans
jusqu'à onze, s'empressaient dans la première salle autour d'une jeune fille d'une
taille moyenne, mais bien prise et vêtue
d'une simple robe blanche garnie de
nœuds de couleur de rose.

Elle tenait un pain bis dont elle cou-
pait à chacun de ces enfants un morceau
proportionné à son âge ou à son appétit.
Elle le donnait d'un air si gracieux !
tandis que ceux-ci lui disaient du ton le
plus simple : « Grand merci » en lui
tendant leur petite main avant même que
le morceau fût coupé. Enfin, contents
d'avoir leur goûter, ils s'en allaient à la
porte de la cour, les uns en sautant, les

autres d'une manière plus posée, selon
qu'ils étaient d'un caractère plus ou moins
vif, pour voir les étrangers et la voiture
qui devait emmener leur chère Lolotte.

« Je vous demande pardon, » me dit-
elle, « de vous avoir donné la peine de
monter et de faire attendre ces dames.
Occupée de m'habiller et des petits soins
de ménage qu'exige mon absence, j'avais
oublié de donner à goûter à mes enfants,
et ils ne veulent pas que personne autre
que moi leur coupe leur pain. »

Je lui fis un banal compliment qui ne
signifiait rien. Mon âme tout entière,
attachée sur sa figure, ravie du son de sa
voix, de ses manières, je n'eus que le
temps qu'il me fallait pour prévenir ma
défaite, lorsqu'elle courut dans sa chambre pour y prendre ses gants et son
éventail.

Pendant ce temps-là, les enfants me
regardaient de côté à une certaine distance ; je m'avançai vers le plus jeune,
qui avait la physionomie la plus heureuse. Il reculait pour m'éviter, lorsque
Lolotte, qui parut à la porte, lui dit :

« Louis, donne la main à ton cousin. »

Il me la donna franchement, et, malgré
sa petite mine barbouillée, je ne pus
m'empêcher de le baiser de tout mon
cœur.

« Cousin, » dis-je ensuite à Lolotte en
lui tendant la main, « croyez-vous que je
sois digne du bonheur de vous être allié ?

— Oh ! » me dit-elle avec un sourire
malin, « notre cousinage est si étendu, et
je serais bien fâchée que vous fussiez le
moins bon de la famille. »

En sortant, elle recommanda à Sophie,
l'aînée des sœurs après elle, une fille
âgée de onze ans environ, d'avoir l'œil
sur les enfants, et de saluer le papa à son
retour de la promenade. D'un autre côté,
elle ordonna aux enfants d'obéir à Sophie
comme à elle-même, ce que plusieurs lui
promirent expressément ; mais une petite
blondine, qui peut avoir six ans, et qui
faisait l'entendue, lui dit :

« Ce n'est pourtant pas toi, ma chère
Lolotte : nous aimerions mieux que ce
fût toi. »

Les deux plus âgés des garçons étaient
grimpés derrière la voiture, et Lolotte
leur permit, à ma prière, de nous accom-

pagner ainsi jusqu'à l'entrée du bois,
après leur avoir fait promettre de bien se
tenir et de ne pas se faire de niches.

Nous avions eu à peine le temps de
nous arranger, et les dames celui de se
faire les compliments d'usage, de se communiquer leurs remarques sur leur ajustement, et surtout sur leurs petits cha-
peaux, enfin de passer en revue toutes les
personnes qui devaient composer l'assemblée, lorsque Lolotte fit arrêter le cocher
et descendre ses frères. Ils la prièrent de
leur donner encore une fois sa main à
baiser. Le premier la lui baisa avec toute
la tendresse d'un jeune homme de quinze
ans ; pour l'autre, il le fit avec autant de
vivacité que d'étourderie. Elle les chargea
de mille caresses pour les enfants restés à
la maison, et nous continuâmes notre route.

« Avez-vous achevé, » lui dit la tante, « le
livre que je vous ai prêté en dernier lieu ?

— Non ; il ne me plait pas ; vous
pouvez le reprendre. Le précédent ne
valait pas mieux. »

Je fus bien surpris, lorsque, lui ayant
demandé quels étaient ces livres, elle me
dit que c'étaient les œuvres de ⁂.

Je trouvai beaucoup de caractère dans
tout ce qu'elle dit; dans chaque mot je
découvris de nouveaux charmes. chaque
trait de son visage semblait lancer de
nouveaux éclairs de génie, et insensiblement je m'aperçus qu'elle les lâchait avec
d'autant plus de satisfaction, qu'elle voyait
bien que pas un n'était perdu pour moi.

« Quand j'étais plus jeune, » ajouta-t-elle,
« rien ne me plaisait tant que les romans.
Dieu sait combien j'étais contente lorsque
je pouvais le dimanche me retirer dans
quelque petit coin pour partager, de tout
mon cœur, le bonheur ou l'infortune
d'une *miss Jenny*. Je ne dis pas pourtant
que ce genre de littérature n'ait encore
quelque charme pour moi; mais puisqu'il
m'arrive si rarement de pouvoir m'occuper
d'un livre, au moins faut-il que ceux que
je lis soient de mon goût. L'auteur que
je préfère est celui où je retrouve mon
monde, mes enfants, et dont les scènes
me paraissent aussi intéressantes, aussi
touchantes que celles de la vie que je
mène dans le sein de ma famille, qui
n'est pas, si vous voulez, l'image d'un
paradis, mais que je regarde au fond

comme la source d'un bonheur indicible. »

J'essayai de cacher l'émotion que me causaient ces dernières paroles ; mais cela n'alla pas loin ; car lorsque je l'entendis parler, comme en passant, avec tant de vérité, du *Vicaire de Wakefield*, alors je perdis connaissance ; je n'y pus plus tenir et me mis à lui débiter avec chaleur tout ce que je pensais sur ce sujet ; je m'aperçus au bout de quelques instants que Lolotte adressa la parole aux autres personnes, qu'elles étaient là, les yeux ouverts, la bouche béante, sans prendre part à la conversation. La tante me regarda plus d'une fois avec un air railleur dont je me mis fort peu en peine.

La conversation tomba sur le plaisir de la danse.

« Si cette passion est un défaut, » dit Lolotte, « j'avoue franchement que je suis bien coupable. Et quand j'ai quelque chose dans la tête, je cours à mon clavecin, d'accord ou non, je joue une contredanse, et tout va le mieux du monde. »

Pendant qu'elle parlait, je repaissais ma vue de ses beaux yeux noirs ; avec quel charme ses lèvres vermeilles et la fraîcheur

de ses joues attiraient toute mon âme !
Comment, occupé tout entier de la noblesse, de la majesté de ses pensées, il
m'arrivait souvent de ne point entendre
les expressions qu'elle employait pour les
rendre ! C'est ce que tu peux te figurer,
puisque tu me connais. Bref, lorsque nous
nous arrêtâmes devant la maison de plai-
sance, je descendis tout rêveur de la voiture : j'étais même si égaré dans l'espèce
de monde fantastique que mon imagination formait autour de moi, que je fis à
peine attention à la musique qui se faisait
entendre de la salle illuminée et dont
l'harmonie venait au-devant de nous.

Les deux Audran et un certain..., (comment retenir tous ces noms ?) qui étaient
les danseurs de la tante et de Lolotte,
nous reçurent à la porte. Ils s'emparèrent
de leurs dames, et je montai avec la
mienne.

Nous dansâmes d'abord plusieurs menuets. J'invitai les femmes les unes après
les autres, et les plus maussades étaient
justement celles qui pouvaient le moins se
résoudre à donner la main pour en finir.
Lolotte et son cavalier commencèrent une

anglaise, et tu sens combien je fus charmé
lorsqu'elle vint à son tour figurer avec
nous. Il faut la voir danser : tout son
cœur, toute son âme sont là ; tout son
corps est une harmonie et dans un tel
abandon qu'il semble que danser soit tout
pour elle, qu'elle ne pense à rien, qu'elle
ne sente rien autre chose ; et sans doute
dans ce moment tout autre objet doit
s'anéantir devant ses yeux.

Je l'invitai pour la seconde contredanse ;
elle n'accepta que pour la troisième et
m'assura avec la plus aimable franchise
qu'elle dansait volontiers l'allemande.

« C'est la coutume ici, » continua-t-elle,
« que chaque cavalier ne danse l'allemande
qu'avec la personne qu'il a amenée : le
mien la danse mal et me saura bon gré
de l'en dispenser. Votre dame est dans le
même cas et ne s'en soucie guère, et j'ai
remarqué, lorsque vous avez dansé l'anglaise, que vous tournez fort bien ; ainsi,
si vous voulez m'avoir pour l'allemande,
allez me demander à mon cavalier, tandis
que j'en parlerai de mon côté à votre
dame. »

J'acceptai ; et il fut décidé que, tandis

que nous danserions ensemble, son cavalier causerait avec ma danseuse.

On commença, et nous nous amusâmes
d'abord à faire tous les tours de bras
possibles. Quelle grâce, quelle souplesse
dans ses mouvements ! Lorsque la mesure
changea et que nous nous mîmes à tourner
les uns autour des autres comme des
sphères, il y eut d'abord quelque désordre, parce que le plus grand nombre
dansait mal. Mais nous fûmes sages :
nous attendimes qu'ils eussent jeté leur
feu ; et lorsque les moins habiles eurent
quitté la place, nous nous en emparâmes
et continuâmes avec une nouvelle ardeur,
secondés d'un autre couple, Audran et
sa danseuse. Jamais je ne réussis avec
autant de facilité. Je n'étais plus un
homme. Tenir cette charmante créature
dans mes bras et voler avec elle comme
le vent, voir tout disparaître autour de
moi, et... Guillaume, pour te parler avec
sincérité, je me jurai pourtant que je ne
souffrirais jamais qu'une fille que j'aimerais et sur qui j'aurais des prétentions,
dansât cette danse avec un autre que moi,
dussé-je y périr,... tu m'entends.

6

Nous fîmes quelques tours dans la salle, pour reprendre haleine; après quoi elle s'assit. Je coupai les tranches de citron que j'avais mises de côté, lorsqu'on faisait le punch, et qui étaient les seules qui restassent; je les lui donnai avec du sucre pour la rafraîchir, et cela lui fit grand bien; seulement à chaque morceau que son indiscrète voisine prenait dans la tasse, je me sentais le cœur percé d'un coup de poignard, quoique par convenance, je me visse forcé de les lui présenter.

Nous fûmes les seconds à la troisième anglaise. Comme nous faisions le tour, et que, transporté de joie, je semblais n'être animé que du mouvement de son bras et de ses yeux, où brillait le plaisir le plus pur, nous nous trouvâmes devant une femme, qu'un certain air aimable, répandu sur un visage qui n'était plus de la première jeunesse, m'avait fait remarquer. Elle regarda Lolotte en riant, la menaça du doigt, et prononça deux fois en passant le nom d'Albert, d'un air très significatif.

« Puis-je sans témérité, » dis-je à Lo-

...tenir cette charmante
créature dans mes bras
et voler avec elle...

lotte, «vous demander qui est cet Albert ? »

Elle allait me répondre, lorsque nous fûmes obligés de nous séparer pour faire la grande chaîne ; et lorsque nous nous croisâmes, je crus lui trouver un air pensif.

« Pourquoi le cacher, » me dit-elle en me prenant la main pour la promenade, « Albert est un galant homme à qui je suis promise ! »

Cette nouvelle n'en était pas une pour moi. puisque les dames m'en avaient prévenu en chemin ; et cependant je crus l'entendre pour la première fois, parce qu'occupé tout entier de l'objet qui, en si peu de temps, m'était devenu si cher, je n'y avais point songé. Bref, je me troublai, je m'égarai, je manquai la figure ; et il ne fallut pas moins que la présence d'esprit de Lolotte, qui nous tira les uns et les autres, pour remettre promptement tout en ordre.

On dansait encore lorsque les éclairs que nous voyions briller depuis longtemps à l'horizon, et que j'avais toujours assuré n'être que des éclairs de chaleur, commencèrent à devenir plus forts, et le

bruit du tonnerre à l'emporter sur celui
des violons. Trois femmes s'enfuirent de
leurs rangs ; leurs cavaliers les suivirent ;
le désordre devint général, et la musique
cessa. Il est naturel, lorsqu'un sujet de
tristesse ou d'effroi nous surprend au
milieu de nos plaisirs, qu'il fasse sur nous
une bien plus vive impression qu'en tout
autre temps, soit à cause du contraste,
ou plutôt parce que nos sens, étant
éveillés, se trouvent plus subitement et
plus vivement affectés. C'est à ces causes
que je dois attribuer ces étranges grimaces
que je vis faire tout à coup à la plupart
des femmes. La plus sage s'assit dans un
coin, le dos tourné vers la fenêtre, et se
boucha les oreilles ; une autre se jeta à
genoux devant elle et se cacha le visage
dans ses jupes ; une troisième se coula
entre elles deux, et embrassait sa petite
sœur en versant des larmes. Quelques-
unes voulaient absolument se retirer ;
d'autres, plus troublées encore, n'avaient
pas même conservé assez de sang-froid
pour réprimer l'audace de nos jeunes
affamés, qui paraissaient fort occupés à
dérober sur les lèvres de ces belles affli-

gées les ardentes prières qu'elles desti-
naient au ciel. Quelques-uns de nos
messieurs étaient descendus pour fumer
tranquillement leur pipe, et le reste de la
société n'en était pas fort éloigné, lorsque
l'hôtesse s'avisa heureusement de nous
indiquer une chambre où il y avait des
volets et des rideaux. A peine y fûmes-
nous entrés que Lolottte se mit à placer
des chaises en rond, à faire asseoir la
compagnie, et proposa un petit jeu.

Je vis plus d'une de nos belles qui,
dans l'espérance de quelque suite agréable
du gage touché, se rengorgeait et pinçait
les lèvres.

« Nous jouerons *à compter*, » dit Lolotte.
« Écoutez bien. Je ferai le tour du cercle
en allant de droite à gauche, tandis que
vous compterez depuis un jusqu'à mille,
en nommant chacun le nombre qui lui
correspondra : il faut que cela aille très
vite, et celui qui hésitera ou qui se trom-
pera aura un soufflet. »

Ce fut quelque chose d'assez plaisant.
Elle se mit à parcourir le cercle le bras
levé. Celui par lequel elle commença
compta : un ! son voisin, deux ! le sui-

vant, trois ! et ainsi de suite. Alors, elle
commença à aller insensiblement de plus
en plus vite. Quelqu'un se trompe, paf !
un soufflet. Son voisin se met à rire, paf !
un autre soufflet, en augmentant toujours
de vitesse. J'attrapai moi-même deux
taloches, et je crus avec un sensible
plaisir remarquer qu'elle me les appliquait
plus fort qu'aux autres.

Un éclat de rire général mit fin au jeu,
avant qu'on eût achevé de compter mille.
Les plus intimes se retirèrent alors en
particulier. L'orage avait cessé et je suivis
Lolotte dans la salle.

« Les soufflets, » me dit-elle en chemin,
« leur ont fait oublier l'orage et leur
peur. »

Je ne pus rien lui répondre.

« J'étais, » continua-t-elle, « une des
plus craintives; mais en affectant du courage pour en inspirer aux autres, je suis
devenue plus hardie. »

Nous nous approchâmes de la fenêtre,
le tonnerre grondait encore dans l'éloignement; une pluie abondante ruisselait
sur les champs avec un doux murmure et
nous renvoyait un parfum vivifiant, que

l'air dilaté par la chaleur nous apportait
par bouffées.

Elle se tenait appuyée sur son coude :
ses regards parcouraient toute la contrée;
elle leva les yeux au ciel et les abaissa sur
moi; je les vis se remplir de larmes ;
elle posa sa main sur la mienne en disant :
« Klopstock ! »

Je pliai sous le poids des sensations
qu'elle versa sur moi en prononçant ce
seul nom. Je succombai, je m'inclinai sur
sa main, que je baisai en versant des
larmes de volupté. Je relevai mes yeux
sur les siens. — Divin Klopstock ! que
n'as-tu vu dans ce regard ton apothéose ?
et puissé-je moi-même n'entendre plus
prononcer par une autre bouche que celle
de Charlotte ton nom si souvent profané !

19 juin.

Je ne sais plus où j'en suis resté dernièrement de mon récit; ce que je sais,
c'est qu'il était deux heures après minuit
lorsque je me couchai; et que si j'avais
pu te parler au lieu de t'écrire, je t'aurais
sans doute tenu jusqu'au jour.

Je ne t'ai pas raconté ce qui se passa à notre retour du bal, et le temps me manque aujourd'hui pour cela.

L'aurore était splendide, l'eau tombait goutte à goutte des arbres; toute la nature semblait renaître autour de nous. Nos deux compagnes commençaient à s'endormir. Elle me demanda si je ne voulais pas en faire autant et me pria de ne pas me gêner pour elle.

« Tant que je verrai ces yeux ouverts, » lui dis-je — et je la regardais fixement, — « il n'y a pas de sommeil pour moi. »

Nous tînmes bon l'un et l'autre jusqu'à sa porte. La servante lui ouvrit doucement; et comme elle s'informait de son père et des enfants, on lui dit que tout était tranquille et endormi.

Je pris congé d'elle en lui demandant la permission de la revoir le jour même. Elle y consentit... je l'ai revue, et depuis ce temps-là, soleil, lune, étoiles, peuvent faire tranquillement leurs révolutions : je ne sais plus s'il est jour ou s'il est nuit, l'univers n'est plus rien pour moi.

21 juin.

Je coule des jours aussi heureux que
ceux que Dieu réserve à ses élus, et
quelque chose qui m'arrive, je ne puis pas
dire que je n'ai pas joui des plaisirs les
plus purs de la vie. Tu connais ma
retraite de Wahlheim ; j'y suis tout à fait
établi, je ne suis qu'à une demie-lieue de
la demeure de Lolotte, là je jouis de moi-
même et de tout le bonheur qui a été
accordé à l'homme.

Aurais-je pu penser que ce Wahlheim,
que je choisissais pour le but de ma
promenade, était situé si près du ciel !
Combien de fois, dans mes longues
courses, tantôt du haut de la montagne,
tantôt de l'autre côté de la rivière, dans la
prairie, n'ai-je pas vu cette maison de
chasse, qui renferme aujourd'hui l'objet
de tous mes désirs !

Mon cher Guillaume, j'ai fait toutes les
réflexions possibles sur ce désir de
l'homme, de s'étendre hors de lui-même,
de faire de nouvelles découvertes, de se
transporter partout où il n'est pas, et
d'un autre côté sur ce penchant intérieur

qu'il a à se laisser volontairement pres-
crire des bornes, à suivre machinalement
l'ornière de l'habitude, sans se mettre en
peine de ce qui se passe à droite et à
gauche.

C'est étrange ! lorsque je vins ici, et
que de la colline je contemplais ce beau
vallon, comme je m'y sentais attirer de
toutes parts ! Là le bosquet ! que ne
peux-tu mêler ton ombre à ses ombres !
Là cette pointe de rocher ! oh ! que ne
peux-tu de là découvrir toute l'étendue
du pays ! Là une chaîne de collines
interrompue par des vallées solitaires !
qu'il serait charmant de pouvoir s'y éga-
rer ! J'y volais, je revenais sur mes pas,
et je n'avais point trouvé ce que j'avais
espéré. Ah ! il en est de l'éloignement
comme de l'avenir ! Une masse obscure
repose devant notre âme ; le sentiment y
vole, et se fourvoie comme notre œil ;
nous brûlons du désir d'y transporter
tout notre être, pour le remplir d'une
sensation unique de volupté capable
d'anéantir toutes nos facultés... Hélas !
après bien des efforts pour y arriver,
lorsque l'avenir semble prendre un corps,

tout demeure pour nous dans le même
état ; nous restons dans notre misère ; le
même asile nous environne ; et notre
âme soupire en vain après le bonheur qui
vient de lui échapper, et se reprend à
désirer.

C'est ainsi, peut-être, que l'inquiet
voyageur soupire après sa patrie, et
trouve dans son foyer, sur le sein de sa
compagne, au milieu de ses enfants et des
soins qu'exige leur conservation, ce
contentement de l'âme, qu'il avait en
vain cherché dans les vastes solitudes du
monde.

Lorsqu'au lever du soleil, je sors pour
me rendre à mon cher Wahlheim, et
qu'arrivé au jardin de l'hôtesse je cueille
moi-même mes pois, et m'assieds dans un
coin pour les écosser, tout en lisant mon
Homère, lorsque je prends un pot dans
la petite cuisine, que je coupe du
beurre, mets mes pots au feu, les couvre
et m'assieds auprès pour les remuer de
temps en temps : c'est alors que mon
imagination me retrace les fiers, les
superbes amants de Pénélope assommant
eux-mêmes, pour les dépecer et les faire

rôtir, les bœufs et les porcs. Il n'y a rien
qui me remplisse d'un sentiment plus
tranquille et plus vrai, que ces traits de la
vie patriarcale, que je puis, grâce à Dieu,
faire entrer sans affectation dans la trame
de la mienne.

Que je suis heureux d'avoir un cœur
capable de sentir cette joie simple et
innocente d'un homme qui sert sur sa
table le chou qu'il a lui-même fait venir,
et qui non-seulement jouit de son chou,
mais qui se rappelle encore dans un
même instant tous les beaux jours qu'il a
passés à le cultiver, la belle matinée où il
le planta, les douces soirées où il l'arrosa
et où il eut la satisfaction de le voir
croître et prospérer !

29 juin.

Avant-hier, le médecin de la ville vint
chez le bailli et me trouva à terre, jouant
avec les enfants de Lolotte, dont les uns
marchaient à quatre pattes sur moi,
tandis que les autres me pinçaient, que
je les chatouillais, et que nous faisions
tous ensemble grand tapage.

Le docteur, espèce de marionnette
dogmatique, qui arrangeait, tout en dis-
courant, les plis de ses manchettes et
tirait son jabot jusqu'au bout de son
menton, trouva ce jeu au-dessous de la
dignité d'un homme sage ; je m'en aperçus à sa mine. Sans me démonter, je lui
laissai débiter ses théories les plus sa-
vantes et me mis à rebâtir le château de
cartes que les enfants avaient renversé.
Aussi n'a-t-il pas manqué d'aller cla-
bauder par la ville que les enfants du
bailli étaient déjà assez gâtés, mais que
ce Werther achevait de les perdre.

Oui, mon cher Guillaume, les enfants,
voilà sur la terre ce qui touche de plus
près à mon cœur. Lorsque je les considère, et que je vois dans ces petits êtres
le germe de toutes les vertus, de toutes les
forces, dont ils auront un jour si grand
besoin ; lorsque je vois dans leur opiniâ-
treté leur future constance et leur fermeté
de caractère ; dans leur pétulance, la
gaieté de cœur, l'étourderie avec laquelle
ils se glisseront par la suite à travers
tous les écueils de ce monde ; quand je
vois, dis-je, tous ces germes si entiers, si

exempts de corruption : sans cesse, sans
cesse je répète ces mots précieux du
grand instituteur des hommes : *Si vous
ne devenez semblables à l'un d'eux !*

Et cependant, mon bon ami, ces
enfants, qui sont nos semblables, et que
nous devrions prendre pour modèles,
nous les traitons comme nos sujets. Ils ne
doivent avoir aucune volonté. N'en
avons-nous donc aucune ! Et où est notre
prérogative ? Parce que nous sommes plus
âgés et plus sages ? Bon Dieu ! du haut
de ta gloire, tu vois de vieux enfants, de
jeunes enfants et rien de plus, et ton Fils
nous a bien fait connaître ceux qui te
donnent la plus grande satisfaction. Mais,
hélas ! ils croient en lui et ne l'écoutent
point ; c'est encore là une ancienne vérité. Ils modèlent leurs enfants sur eux-
mêmes, et... Adieu, Guillaume, je ne
veux pas bavarder davantage.

1er juillet.

Mon pauvre cœur, qui est plus endolori
que tel malheureux qu'une soif ardente
consume sur son lit, sent de quelle res-

source Lolotte doit être à un malade.

Elle va passer quelques jours à la ville chez une dame, qui, au dire des médecins, touche au bout de sa carrière, et qui, dans ses derniers moments, veut avoir Lolotte auprès d'elle.

J'allai la semaine dernière visiter le pasteur de St..., petit bourg à une demi-lieue d'ici, dans les montagnes. Nous y arrivâmes sur les quatre heures. Lolotte avait pris sa seconde sœur avec elle. En entrant dans la cour du presbytère, ombragé de deux grands noyers, nous trouvâmes le bon vieillard assis sur un banc devant sa porte.

La vue de Lolotte sembla ranimer sa vieillesse ; il oublia son bâton d'épine, et se hasarda à aller seul au-devant d'elle. Elle courut à lui, l'obligea à se rasseoir en se plaçant elle-même à ses côtés. Elle lui fit mille compliments de la part de son père, et caressa beaucoup le cadet de ses enfants, tout malpropre et désagréable qu'il fût.

Si tu avais vu comme elle amusait le bonhomme ; comme elle haussait le ton de sa voix pour le rendre sensible à ses

oreilles demi-sourdes, comme elle lui
parlait de jeunes gens robustes, qui
étaient morts subitement, de l'excellence
des eaux de Carlsbad ; comme elle approu-
vait sa résolution d'y passer l'été prochain ; enfin comme elle lui trouvait un
visage plus frais, un air plus vif que la
dernière fois qu'elle l'avait vu. Pendant
ce temps j'avais rendu mes devoirs à la
femme du pasteur.

Le vieillard commençait à s'égayer ; et
comme je ne pus m'empêcher de louer
avec chaleur la beauté de ses noyers,
dont le feuillage nous couvrait si agréablement, il se mit, quoiqu'avec quelque
difficulté, à nous en faire l'histoire.

« Quant à ce vieux-là, » dit-il, « nous
ne savons pas qui l'a planté : les uns
disent que c'est ce pasteur-ci, les autres
celui-là. Mais ce jeune-ci est de l'âge de
ma femme ; il aura cinquante ans au
mois d'octobre. Son père le planta le
matin, et elle vint au monde le soir du
même jour. Il était mon devancier ici, et
il n'est pas possible de dire combien cet
arbre lui était cher. Il ne me l'est pas
moins à moi-même : ma femme était

8

assise sur une poutre et tricotait, lorsqu'il y a vingt-sept ans, je vins pour la première fois dans cette cour ; je n'étais alors qu'un pauvre étudiant. »

Lolotte lui demanda où était sa fille ; il lui dit qu'elle était allée dans la plaine avec M. Schmidt, pour voir faire les foins ; et il continua son discours, en nous disant comment son prédécesseur et sa fille l'avaient pris en amitié ; comment il avait été d'abord son suffragant, et enfin son successeur.

Il venait de terminer son récit, lorsque sa fille revint au travers du jardin avec M. Schmidt ; elle reçut Lolotte avec le plus tendre empressement ; et il faut avouer qu'elle ne me déplut pas.

C'est une brunette sémillante, bien faite, et qui aurait pu faire agréablement passer le temps à un honnête homme à la campagne. Son fiancé — car M. Schmidt se présenta d'abord comme tel — est un homme de belle apparence, mais très taciturne, qui ne voulut jamais prendre part à la conversation, quoique Lolotte ne cessât de l'y provoquer ; ce qui me piquait davantage, c'est que je crus re-

marquer à son air que c'était moins le
défaut d'esprit que le caprice et la mauvaise humeur qui l'empêchaient de répondre à nos avances.

Malheureusement, j'eus bientôt occasion
de m'en assurer, car Mlle Frédérique
s'étant attachée à Lolotte à la promenade,
et se trouvant aussi quelquefois par
hasard avec moi, le visage du monsieur,
qui était naturellement d'une couleur
brune, devint si sombre, que Lolotte me
tira par la manche, et me fit signe d'être
moins galant auprès de Frédérique.

Rien ne me fait tant de peine que de
voir les hommes se tourmenter mutuellement, mais surtout lorsque des jeunes
gens dans la fleur de l'âge, quand leur
âme pourrait le plus aisément s'ouvrir à
tous les sentiments du plaisir, perdent
sottement le peu de beaux jours dont ils
ont à jouir, et s'aperçoivent, mais trop
tard, que cette prodigalité est irrépa-
rable.

Cette idée me tenait à cœur, et sur le
soir, lorsque, de retour à la maison du
pasteur, nous nous assîmes à table pour
manger du lait, et que la conversation

tomba sur les peines et les plaisirs de ce
monde, je ne pus m'empêcher de saisir
l'occasion et de me déchaîner contre
l'humeur chagrine.

« Nous autres hommes, » dis-je, « nous
nous plaignons souvent de ce qu'il y a si
peu de bons jours contre tant de mauvais,
et il me semble que le plus souvent nous
nous plaignons à tort. Si notre cœur était
toujours ouvert à la jouissance du bien
que Dieu nous dispense chaque jour,
nous aurions aussi assez de force pour
supporter le mal quand il se présente.

— Mais notre cœur n'est pas en notre
puissance, » dit la femme du pasteur ;
« Que de choses dépendent du corps !
Quand il est malade, l'esprit l'est aussi. »
J'en convins.

« Il faut donc, » poursuivis-je, « regarder la mauvaise humeur comme une
maladie, et voir s'il n'y a pas quelque
remède pour la guérir.

— Cela n'est pas mal vu, » dit Lolotte ;
« je crois au moins que nous pouvons
beaucoup, et je le sais par moi-même :
dès que quelque chose m'inquiète ou
m'attriste, je cours dans le jardin en

chantant deux ou trois airs de danse, et
adieu le chagrin.

— C'est ce que je voulais dire, » repartis-je ; « il en est absolument de la
mauvaise humeur comme de la paresse.
Il est une sorte de paresse à laquelle
notre nature est fort encline ; cependant,
lorsqu'une fois nous avons la force de
nous encourager nous-mêmes, nous tra-
vaillons du plus grand cœur et nous trou-
vons un vrai plaisir dans l'activité. »

Frédérique était fort attentive, et le
jeune homme se hasarda à nous objecter
qu'on n'était pas maître de soi-même et
qu'on ne pouvait pas commander à ses
sensations.

« Il s'agit ici, » repartis-je, « d'une
sensation désagréable, dont chacun cherche à se délivrer, et personne ne sait jusqu'où vont ses forces, s'il ne les a
essayées. Assurément un malade consulte
des médecins, il les écoute avec la plus
grande résignation, et ne refuse pas de se
soumettre au régime le plus sévère, aux
remèdes les plus désagréables, pour re-
couvrer la santé qu'il désire. »

Je remarquai que le bon vieillard écou-

tait de toutes ses oreilles pour participer
à notre conversation ; j'élevai la voix en
lui adressant la parole.

« On prêche, » lui dis-je, « contre bien
des vices ; mais je n'ai jamais entendu
qu'on ait prêché en chaire contre la mauvaise humeur.

— Ce serait, » dit-il, « à ceux qui
prêchent en ville à le faire ; les paysans
ne connaissent point la mauvaise humeur ;
au reste, peut-être qu'un pareil sermon
ne serait pas mal ici de temps en temps ;
ce serait une leçon pour ma femme au
moins et pour M. le bailli. »

La compagnie se mit à rire, et il rit
lui-même de tout son cœur, mais il lui
prit un accès de toux qui interrompit
notre discours pendant quelques minutes ;
après quoi le jeune homme reprit ainsi :

« Vous avez nommé la mauvaise humeur
un vice ; il me semble que c'est exa-
gérer.

— Rien moins que cela, » lui répon-
dis-je, « si tout ce qui nous nuit à nous-
mêmes et à notre prochain mérite ce
nom. N'est-ce pas assez que nous soyons
dans l'impossibilité de nous rendre mu-

tuellement heureux, faut-il encore que
nous nous dérobions les uns aux autres le
plaisir que nos cœurs pourraient souvent
goûter d'eux-mêmes ? Montrez-moi un
atrabilaire assez courageux pour cacher
sa mauvaise humeur, pour en porter seul
tout le poids, sans troubler la joie de
ceux qui l'entourent ; n'est-ce pas plutôt
un dépit intérieur de notre propre insuffi-
sance, un mécontentement de nous-
mêmes, toujours joint à l'envie qu'excite
une forte vanité ? Nous voyons avec
peine des gens heureux dont le bonheur
n'est pas notre ouvrage. »

Lolotte me regarda en riant de la chaleur avec laquelle je parlais ; et une
larme que j'aperçus dans l'œil de Frédérique m'aiguillonna à poursuivre.

« Malheur, » dis-je, « à ceux qui abu-
sent de l'ascendant qu'ils ont sur un cœur
pour le priver des plaisirs simples dont il
jouirait par lui-même ! Tous les présents,
toutes les complaisances possibles ne nous
dédommagent point de cette satisfaction
qu'un tyran nous empoisonnerait. »

Tout mon cœur était plein dans ce
moment ; mille souvenirs se pressaient en

foule dans mon âme, et les larmes me
vinrent aux yeux.

« Celui, » m'écriai-je, « qui se dirait
seulement chaque jour : Tu n'as d'autre
pouvoir sur tes amis que de ne point les
troubler dans leur joie, et d'augmenter
un bonheur que tu partages avec eux.
Peux-tu, quand leur âme est bourrelée
par une passion violente, quand elle est
déchirée par la douleur, peux-tu leur pro-
curer le moindre soulagement ? Et lorsque
la dernière, l'effrayante maladie accable
cette créature, dont ta main creusa la
fosse avant le temps ; lorsque, cédant au
plus triste abattement, elle est étendue
devant toi, que son œil privé de sentiment regarde vers le ciel, que la sueur
de la mort paraît et disparaît sur son
front décoloré, et que, debout auprès de
son lit comme un criminel condamné, tu
reconnais, mais trop tard, que tu ne peux
rien avec tout ton pouvoir, que ton âme
serrée est à la torture, que tu donnerais
tout pour faire passer dans cette victime
vouée à la destruction une étincelle de
courage et de vie... »

A ces mots, le souvenir d'une scène

semblable à laquelle j'ai été présent vint
m'assaillir dans toute sa force. Je mis mon
mouchoir devant mes yeux, et quittai la
compagnie ; je ne revins à moi qu'à la
voix de Lolotte, qui me dit qu'il fallait
partir. Comme elle me querella en chemin
sur le trop vif intérêt que je prenais à
tout ! que j'en serais la victime ! que je
devrais me ménager ! O ange du ciel !
il faut que je vive pour toi ?

6 juillet.

Elle est toujours auprès de son amie
mourante, toujours la même, toujours
cette créature angélique et bienfaisante,
dont les regards, partout où ils se portent,
adoucissent la douleur et font des heureux. Elle alla hier au soir à la promenade avec ses sœurs Marianne et la
petite Amélie. Je le savais, je les ren-
contrai, et nous restâmes ensemble.

Après avoir marché pendant une heure
et demie, nous retournâmes vers la ville,
à cette source qui m'est si chère, et qui
me l'est mille fois davantage, depuis que
Lolotte s'est assise sur le petit mur. Je

9

regardai autour de moi, hélas ! et je me
rappelai ce temps où mon cœur était seul.

« Chère fontaine, » me dis-je, « il y a
longtemps que je ne me repose plus à ta
fraicheur, et que, passant en hâte auprès
de tes bords, il m'arrive souvent de ne
point te regarder. »

Je jetai les yeux plus bas, et je vis
monter la petite Amélie, embarrassée
d'un verre d'eau.

Je regardai Lolotte, et je sentis tout ce
qu'elle était pour moi. Cependant Amélie
reparut avec son verre ; Marianne voulait
le lui prendre.

« Non, » s'écria cette enfant avec la
plus douce expression, « ma chère Lolotte,
il faut que tu boives la première. »

Je fus si transporté de la vérité, de la
bonté qu'exprimait cette exclamation, que
je ne trouvai d'autre moyen de témoigner
de mon ravissement, que de prendre
l'enfant dans mes bras, et de l'embrasser
avec tant de véhémence, qu'elle se mit à
crier et à pleurer.

« Vous lui avez fait mal, » me dit
Lolotte.

J'étais consterné.

« Viens, » continua-t-elle en la prenant
par la main, et lui faisant descendre les
degrés ; « lave-toi vite dans cette eau
fraîche, vite, et cela ne sera rien. »

Avec quelle attention je regardai la
pauvre enfant se frotter les joues avec
ses petites mains mouillées, dans la
ferme croyance que cette source miracu-
leuse lavait toute souillure, et lui sauvait
l'affront de se voir pousser une grande
vilaine barbe !

Comme Lolotte lui disait :

« En voilà assez, » et comme elle
continuait de se frotter, comme s'il eût
mieux valu le faire plus que moins ! Te le
dirai-je, Guillaume ? jamais je n'assistai à
un baptême avec plus de respect ; et
lorsque Lolotte remonta, je me serais
volontiers prosterné devant elle, comme
devant un prophète qui vient d'expier les
iniquités de son peuple.

Le soir je ne pus m'empêcher, dans la
joie de mon âme, de raconter cette petite
aventure à quelqu'un à qui je supposais
du cœur, parce qu'il a de l'esprit ; mais
que j'étais loin de compte !

Il me dit que Lolotte avait eu grand

tort; qu'on ne devait rien faire accroire
aux enfants; que cela donnait lieu à une
infinité d'erreurs et de superstitions;
qu'on devait de bonne heure tenir les
enfants en garde contre leurs prestiges.

Alors je me rappelai que huit jours
auparavant il avait fait baptiser un des
siens; c'est pourquoi je n'insistai pas
davantage, et dans le fond de mon cœur
je demeurai fidèle à cette vérité : Agis-
sons avec les enfants comme Dieu agit
avec nous; nous ne sommes jamais plus
heureux que lorsqu'il nous laisse errer au
milieu de séduisantes illusions.

8 juillet.

Qu'on est enfant ! Pourquoi donc sou-
pirer avec tant d'ardeur après un regard !
Qu'on est enfant ! Nous étions allés à
Wahlheim, les dames sortirent en voiture,
et pendant notre promenade je crus voir
dans les yeux noirs de Lolotte... Je suis
un insensé; pardonne-le-moi. Il fallait
les voir ces yeux !

Soyons bref, car mes paupières tombent
de sommeil. Les femmes montèrent en

voiture ; nous étions à la portière, le jeune W..., Selstadt, Audran et moi.

On causait avec ces messieurs, qui sont assez légers et étourdis. Je cherchais les yeux de Lolotte, mais ils se portaient tantôt sur l'un, tantôt sur l'autre. Mais moi, moi ! qui étais entièrement, uniquement occupé d'elle ; ils ne tombaient point sur moi ! Mon cœur lui disait mille adieux, et elle ne m'a pas regardé !

La voiture passa, et je sentis une larme prête à couler. Mes yeux la suivirent ; je vis la tête de Lolotte hors de la portière ; elle se penchait pour regarder, hélas ! dirai-je moi ? Mon ami ! je flotte dans cette consolante incertitude. Peut-être s'est-elle retournée pour me voir. Peut-être... Bonne nuit... Oh ! que je suis enfant !

10 juillet.

Je voudrais que tu visses la sotte figure que je fais lorsqu'on vient à parler d'elle. Surtout quand on me demande si elle me plaît.

Plaît ! Ce mot me *déplaît* à la mort.

Quel original serait celui à qui Lolotte
plairait, dont elle ne remplirait pas tous
les sens, toutes les facultés ! *Plait !* Quelqu'un me demandait dernièrement si
Ossian me *plaisait*.

11 *juillet.*

Mme M*** est très mal. Je prie pour
sa vie, car je souffre avec Lolotte. Je la
vois rarement chez son amie ; et elle m'a
conté aujourd'hui une aventure surpre-
nante. M. M*** est un vieux ladre, qui a
bien tourmenté sa femme, à qui il a rogné
les ailes de fort près. Cependant celle-ci a
toujours trouvé le moyen de se soutenir.

Il y a quelques jours, le médecin lui
ayant déclaré qu'elle ne pouvait pas en
revenir, elle fit appeler son mari, et lui
parla ainsi, en présence de Lolotte :

« Il faut que je te confesse une chose
qui pourrait être, après ma mort, une
source de trouble et de chagrin. J'ai
conduit le ménage jusqu'ici avec autant
d'ordre et d'économie qu'il m'a été possible ; mais, pardonne-le moi, je t'ai

trompé depuis trente ans. Tu ne fixas au
commencement de notre mariage qu'une
somme fort modique pour la table et les
autres dépenses de la maison. A mesure
que notre ménage est devenu plus considérable, je n'ai pu gagner sur toi que tu
augmentasses la somme que tu me donnais
pour chaque semaine, et, dans le temps
de nos plus fortes dépenses, tu exigeas
qu'elles fussent couvertes avec un florin
par jour. Je me soumis sans répliquer,
mais je pris chaque semaine dans ta caisse
l'excédent de ma dépense, bien assurée
qu'on ne soupçonnerait jamais une femme
de voler son mari. Je n'ai rien prodigué,
et je serais même passée sans aucun
remords à l'éternité : si je te fais cet
aveu, c'est afin que celle qui doit conduire
la maison après moi, ne pouvant se soutenir avec le peu que tu lui donneras, ne
soit pas dans le cas de se voir objecter
sans cesse que ta première femme s'en
est contentée. »

Je réfléchis avec Lolotte sur cet aveuglement incroyable de l'humanité, qui
fait qu'un homme ne soupçonne aucun
manège dans une femme qui fait face

avec six florins à des dépenses qui doivent
monter au triple.

Au reste, j'ai connu des gens qui vous
auraient soutenu sans étonnement qu'ils
possédaient chez eux la cruche d'huile
inépuisable du Prophète.

13 juillet.

Non, je ne me trompe point ! Je lis
dans ses yeux noirs l'intérêt qu'elle prend
à ma personne et à mon sort. Oui, je
sens, et en cela je dois m'en fier à mon
cœur, qu'elle... oserai-je prononcer ce
mot, qui est pour moi le bonheur du
ciel !... je sens qu'elle m'aime.

Est-ce témérité, ou bien le sentiment
intérieur de la réalité ? Je ne connais
point d'homme dont je pusse craindre
quelque chose dans le cœur de Lolotte.
Et cependant... lorsqu'elle parle d'Albert
avec toute la chaleur, tout l'amour possible, je suis là comme un ambitieux que
l'on dégrade de noblesse, que l'on dé-
pouille de ses charges, et que l'on force à
rendre son épée.

16 juillet.

Oh ! quel feu circule dans mes veines, lorsque par hasard mon doigt vient à toucher le sien, lorsque nos pieds se rencontrent sous la table ! Je les retire avec précipitation, ainsi que d'un brasier ardent, et une force secrète m'en rapproche malgré moi, tant est grand le délire qui s'empare de tous mes sens. Hélas ! son innocence, la liberté de son âme, ne lui permettent pas de sentir combien ces petites privautés me mettent à la torture.

Lorsque, dans la conversation, elle pose sa main sur la mienne, et que, dans l'intérêt qu'elle prend à l'entretien, elle s'approche assez de moi pour que le souffle de sa bouche effleure mes lèvres... je suis anéanti, comme un homme frappé de la foudre. O Guillaume ! cette félicité céleste... cette confiance... si jamais je songeais !... Tu m'entends. Non, mon cœur n'est pas si corrompu. Il est faible ! bien faible ! Mais n'est-ce pas là de la corruption ?

Elle est sacrée pour moi. Tout désir s'évanouit en sa présence. Je ne sais jamais dans quel état je me trouve, quand je suis auprès d'elle ; c'est comme si l'âme se renversait dans tous mes nerfs. Elle a un air qu'elle joue sur le clavecin avec toute l'énergie d'un ange ; il est si simple, si plein d'expression ! C'est son air favori ; lorsqu'elle en joue seulement la première note, soucis, trouble, peines, tout est oublié.

Je suis si affecté de ce chant si simple, que rien de ce qu'on nous dit de la magie de la musique des anciens ne me paraît choquer la vraisemblance. Comme elle sait l'amener dans des moments où je serais homme à me casser volontiers la tête ! Alors les ténèbres de mon âme se dissipent, et je respire avec plus de liberté.

18 juillet.

Guillaume, qu'est-ce que le monde pour notre cœur, sans l'amour ! Ce qu'est une lanterne magique sans lumière ! A peine y introduisez-vous la lampe, que la blanche muraille réfléchit instantanément les images bigarrées qu'elle représente.

Et quand il n'y aurait pas autre chose
que ces fantômes passagers, encore font-
ils notre bonheur, lorsque nous le tenons
là comme des enfants, et que nous nous
sentons hors de nous-mêmes à la vue de
ces apparitions merveilleuses.

Je n'ai pu aller aujourd'hui chez Lolotte :
une compagnie, que je n'ai pu éviter,
m'en a empêché. Que faire ? J'y ai envoyé
le petit garçon qui me sert, afin d'avoir
près de moi quelqu'un qui l'eût appro-
chée aujourd'hui. Avec quelle impatience
je l'ai attendu ! avec quelle joie je l'ai
revu ! Je l'aurais pris volontiers par la
tête, et embrassé follement, si une mauvaise honte ne m'eût retenu.

On prétend que la pierre de Bologne,
exposée au soleil, se pénètre de ses rayons,
et peut éclairer une partie de la nuit. Il
en était ainsi pour moi du jeune homme ;
l'idée que les yeux de Lolotte s'étaient
reposés sur son visage, ses joues, les
boutons et le collet de son surtout, me
rendait tout cela si sacré, si précieux que
dans ce moment je n'aurais pas donné le
petit drôle pour mille écus. J'étais si
heureux d'être avec lui !... Dieu te pré-

serve d'en rire ! Guillaume, peut-on appeler cela des chimères, quand nous sentons ! . . .

19 juillet.

Je la verrai ! m'écrié-je le matin, lorsque, m'éveillant dans toute la sérénité de l'âme, je porte mes regards vers le soleil. Je la verrai. Et il ne me reste plus d'autre souhait à former pour le reste de la journée. Tout, oui tout s'absorbe dans cette perspective enchanteresse.

20 juillet.

Votre idée de me faire partir avec l'ambassadeur de *** est loin de me sourire. Je n'aime pas la dépendance, et nous savons tous que cet homme est d'un commerce difficile. Ma mère, dis-tu, voudrait me voir occupé ; cela me fait rire ; ne suis-je donc pas assez actif à présent ? Et dans le fond, n'est-il pas indifférent que je compte des pois ou des lentilles ?

Dans ce monde, tout n'est que misère, et celui qui, pour les autres et sans y

être entraîné par sa propre passion, se
tracasse pour de l'argent, pour l'honneur
ou pour tout ce qu'il vous plaira, est, à
mon avis, un grand fou.

24 juillet.

Puisque tu t'intéresses si fort à ce que
je ne néglige pas le dessin, je ferais
mieux de ne t'en point parler du tout,
que de te dire que depuis longtemps je
fais très peu de chose.

Jamais je ne fus plus heureux, jamais
je ne fus plus intimement, plus fortement
pénétré du sentiment de la nature, jusqu'au caillou, jusqu'au moindre brin
d'herbe, et cependant... Je ne sais comment m'exprimer; mon imagination est si
affaiblie ! Tout flotte et chancelle devant
mon âme, au point que je ne puis saisir
un contour; il me semble pourtant que,
si j'avais de l'argile ou de la cire, je
modèlerais bien ce que je sens. Si cela
dure, je prendrai de la terre, je la pétrirai,
dussé-je ne faire que des lampions.

J'ai commencé trois fois le portrait de
Lolotte, et trois fois j'ai déshonoré mes

pinceaux ; ce qui me contrarie d'autant
plus, qu'il n'y a pas bien longtemps je
réussissais fort bien à saisir la ressem-
blance ; j'ai fait son portrait à la *silhouette*,
et cela me suffira.

26 juillet

Je me suis déjà promis bien des fois de ne
pas la voir si souvent. Mais qui pourrait
tenir cette promesse ?... Chaque jour je
succombe à la tentation, en me promettant
saintement de n'y point aller le lendemain,
et lorsque le lendemain arrive, je trouve
encore une raison irrésistible, et avant
même d'y penser, je suis auprès d'elle.
Ou elle m'aura dit le soir : « On vous
verra demain ? » Qui pourrait après cela
n'y pas aller ? Ou bien le jour est trop
beau ; je vais à Wahlheim, et puis, quand
je suis là, il n'y a plus qu'une demi-lieue
jusqu'à sa maison ! Je suis trop près de
son atmosphère... elle m'entraîne... et
m'y voilà encore !...

Ma grand'mère avait un certain conte
de la montagne d'aimant. Les vaisseaux
qui s'en approchaient de trop près se

trouvaient tout à coup dégarnis de leurs
ferrures ; les clous volaient vers la montagne, et les malheureux matelots s'abi-
maient entre les planches disjointes.

30 juillet.

Albert est arrivé ; je partirai ; fût-il le
plus excellent, le plus noble de tous les
hommes, quand je conviendrais même que
je lui suis inférieur à tous égards ; il me
serait impossible de le voir posséder devant
moi tant de perfections. Posséder !... Il
suffit, Guillaume, le fiancé est arrivé.
C'est un bon et honnête garçon qu'on ne
peut haïr. Heureusement je n'étais pas
présent à sa réception ! Elle m'eût déchiré
le cœur. D'ailleurs il est si honnête, qu'il
n'a pas encore embrassé Lolotte une seule
fois devant moi. Dieu l'en récompense !
Que je lui sais bon gré du respect qu'il a
pour elle !

Il me veut du bien, et je présume que
c'est l'ouvrage de Lolotte, plutôt que
l'effet de sa propre inclination ; car les
femmes sont toujours délicates en cela,
et elles ont raison. Quand elles peuvent

entretenir deux hommes en bonne intelligence, quelque rare que cela soit, elles
seules y gagnent.

Sérieusement, je ne puis refuser mon
estime à Albert, sa contenance tranquille
contraste avec la turbulence de mon caractère, qu'il m'est impossible de cacher ;
cependant, il a beaucoup de sensibilité et
rend justice au mérite de Lolotte.

Il paraît peu sujet à la mauvaise humeur ; et tu sais que c'est de tous les dé-
fauts celui que je pardonne le moins.

Il me regarde comme un homme d'esprit et de goût, et mon attachement pour
Lolotte, le vif intérêt que je porte à tout
ce qui la regarde augmentent son triomphe;
il ne l'en aime que davantage.

Je n'examinerai point s'il ne la tourmente pas quelquefois en secret par de
petits mouvements de jalousie : à sa
place, je ne serais pas trop rassuré, et je
craindrais bien que le diable ne me jouât
quelque tour.

Quoi qu'il en soit, la joie que je
goûtais auprès de Lolotte a disparu ;
dirai-je que c'est folie ou aveuglement?...
Qu'importe le nom ? La chose parle

d'elle-même !... Je savais, avant l'arrivée
d'Albert, tout ce que je sais aujourd'hui :
je savais que je ne devais avoir aucune
prétention sur elle, et je n'en avais
aucune... s'il est possible de ne sentir
aucun désir à la vue de tant de charmes...
Et voilà que, comme un imbécile, j'ouvre
de grands yeux étonnés de ce qu'un
autre vient et m'enlève cette fille !

Je grince des dents en dépit de ma
misère ; et je me dépiterais doublement,
triplement contre ceux qui me diraient
que je dois prendre mon parti, et que,
puisque la chose ne saurait être autrement... Au diable les raisonneurs !... Je
rôde dans les bois, et quand je m'approche de Lolotte, que je vois Albert
assis auprès d'elle sous le berceau du
petit jardin, et que je ne puis aller plus
loin ; il me prend une joie qui tient de
la folie, et je fais mille extravagances.
« Au nom de Dieu, » m'a-t-elle dit
aujourd'hui, « plus de scènes comme celle
d'hier au soir ! Vous êtes effrayant quand
vous êtes si gai. » Entre nous, j'épie le
temps où Albert a affaire, je ne fais qu'un
saut jusque chez elle, et je suis tou-

1 1

jours content lorsque je la trouve seule.

8 août.

De grâce, mon cher Guillaume, crois que je ne t'avais point en vue, lorsque j'écrivais : « Au diable les raisonneurs ! » Je ne pensais pas alors que tu dusses être du même sentiment. Au fond tu as raison. Un mot seulement. Mon ami, dans le monde rarement nos affaires dépendent-elles d'une alternative. Il y a autant de nuances entre le sentiment et l'action, que de gradations entre un nez camus et un nez aquilin.

Tu ne trouveras pas mauvais si, en te concédant tes conclusions, je cherche à me sauver à travers les alternatives.

Ou tu as l'espérance de posséder Lo-lotte, me dis-tu, ou tu ne l'as pas. Bon ! Dans le premier cas, cherche à la réaliser, cherche à embrasser tout ce qui peut tendre à l'accomplissement de tes désirs. Dans le second cas, ranime ton courage, sois homme, et cherche à secouer un sentiment funeste, qui ne peut que dimi-

nuer tes forces... Mon cher ami, cela
est bien dit, et..... bientôt dit.

Peux-tu exiger d'un malheureux qui,
en proie à une maladie de langueur, voit
sa vie se consumer insensiblement, qu'il
termine tout de suite ses maux par un
coup de poignard ; et le mal qui détruit
ses forces ne lui ôte-t-il pas en même
temps le courage de s'en délivrer ?

Il est vrai que tu pourrais me répondre
par une comparaison à peu près semblable : quel est l'homme qui n'aimerait
pas mieux se laisser couper le bras, si,
en balançant à le faire, il mettait sa vie
en danger ? Je ne sais... Mais nous ne
voulons pas nous piquer par des comparaisons. Assez... Oui, Guillaume, j'ai
quelquefois de ces moments, où il me
prend des accès de courage, où je partirais
peut-être, si je savais où aller.

10 août.

Je pourrais mener la vie la plus douce
et la plus heureuse, si je n'étais pas fou.
Il n'est pas aisé de rencontrer, pour
réjouir le cœur d'un homme, le concours

de circonstances aussi favorables que celles où je me trouve actuellement. Tant il est vrai, hélas! que du cœur seul dépend le bonheur!

Être un des membres de cette aimable famille, aimé du vieillard comme un fils, des petits enfants comme un père, et de Lolotte... Et cet honnête Albert, qui ne trouble mon bonheur par aucune boutade, qui m'embrasse avec l'amitié la plus cordiale, et pour qui je suis, après Lolotte, ce qu'il a de plus cher au monde... Guillaume, c'est un plaisir de nous entendre, lorsque nous allons à la promenade, et que nous nous entretenons de Lolotte; on n'a jamais rien imaginé dans le monde de si plaisant que notre situation; et cependant elle me fait souvent venir les larmes aux yeux.

Quand il me parle de la digne mère de sa fiancée, et qu'il me conte comment, étant à son lit de mort, elle remit le soin de sa maison et de ses enfants à Lolotte; la lui recommanda à lui-même; comme depuis ce temps-là elle est animée d'un tout autre esprit; comme elle a pris à cœur le soin du ménage, et s'est révélée

une véritable mère ; comme tous ses
instants sont marqués par quelques
preuves de son amitié, ou quelques
productions de son travail ; et comme,
malgré tout cela, elle a su conserver
toute sa vivacité et son enjouement : je
marche à côté de lui ; je cueille des fleurs
sur mon passage ; j'en fais avec soin un
bouquet, puis... je le jette dans la rivière
qui coule aux environs, et je m'arrête à le
voir s'enfoncer insensiblement.

Je ne sais si je t'ai déjà écrit qu'Albert
restera ici, et qu'il va obtenir de la cour,
où il est fort aimé, un emploi très lucratif.
J'ai vu peu de personnes qu'on puisse lui
comparer pour l'ordre et l'application
dans les affaires.

12 août.

En vérité, Albert est le meilleur homme
qui soit sous le ciel. J'eus hier une
scène singulière avec lui. J'étais allé le
voir pour prendre congé de lui, car il
m'avait pris envie, pour changer, de
parcourir à cheval la montagne, et c'est
de là que je t'écris aujourd'hui. Comme

j'allais et venais dans sa chambre, j'aperçus
ses pistolets.

« Prête-moi, » lui dis-je, « ces pistolets
pour mon voyage.

— A ton service, si tu veux bien prendre
la peine de les charger, car, pour moi, je
les ai seulement pendus ici *pro forma.* »

J'en pris un. Albert continua :

« Depuis le mauvais tour que m'a joué
ma prévoyance, je ne veux plus avoir
d'armes chargées. »

Je fus curieux de connaître cette histoire.

« J'étais, » me dit-il, « depuis six mois
à la campagne, chez un de mes amis ;
j'avais une paire de pistolets non chargés,
et je dormais sans inquiétude. Je ne sais
pourquoi, une après-dînée qu'il faisait
mauvais temps et que j'étais assez dé-
sœuvré, il me vint dans l'esprit qu'on
pourrait bien nous attaquer, que nous
aurions besoin des pistolets et que nous
pourrions... Mais tu connais cela. Je les
donnai au domestique et lui dis de les
nettoyer et de les charger. Il badine et
veut faire peur à la servante. Je ne sais
par quel accident le pistolet part, lance

la baguette, qui était dans le canon, dans
la main de la pauvre fille et lui fracasse
le pouce. J'en fus pour une avalanche de
lamentations et de plus pour les frais de
chirurgien. Depuis ce temps-là, je laisse
toutes mes armes déchargées.

— Mon cher ami, à quoi sert la prévoyance ? Le danger ne se laisse point
pressentir... Cependant... »

Tu dois savoir comme j'aime cet homme
jusqu'à ses *cependant*. Ne sait-on pas de
reste que toute règle générale a ses
exceptions ? Mais il est si juste, si loyal,
que quand il croit avoir dit une chose
hasardée, trop générale ou douteuse, il
ne cesse de limiter, modifier, ajouter et
retrancher, jusqu'à ce qu'enfin il ne reste
plus rien de la thèse première. L'occasion
était belle ; il s'enfonça fort avant dans le
même texte, suivant sa coutume, au point
que je ne l'écoutai plus.

Je tombai dans une espèce de rêverie ;
puis, me levant comme en sursaut, j'ap-
puyai le canon du pistolet sur mon front,
au-dessus de l'œil droit.

« Fi donc ! » dit Albert en me retirant
le pistolet, « qu'est-ce que cela veut dire ?

— Il n'est point chargé.

— Qu'importe ? qu'est-ce que cela veut
dire ? » répliqua-t-il d'un ton d'impatience. « Je ne puis me figurer comment
un homme peut être assez fou pour se
casser la tête. La seule pensée m'en fait
horreur.

— Vous autres, hommes, » m'écriai-je,
« ne pouvez-vous donc parler de rien sans
dire d'abord : ceci est fou et cela sage,
ceci bon et cela mauvais ! Qu'est-ce que
tout cela signifie ? Avez-vous, pour cela,
examiné les motifs secrets d'une action ?
Savez-vous démêler avec précision les
causes pour lesquelles elle s'est faite et
pour lesquelles elle devait se faire ? Si
vous le saviez, vous seriez moins préci-
pités dans vos jugements.

— Tu m'accorderas, » dit Albert,
« qu'il y a certaines actions qui sont
toujours criminelles, quels qu'en soient
les motifs. »

J'en convins en haussant les épaules.

« Cependant, mon ami, » continuai-
je, « cette règle a aussi quelques exceptions. Il est vrai que le vol est un crime ;
mais un homme qui, pour se sauver lui

et les siens de l'horreur de mourir de
faim, sort pour marauder, est-il digne de
pitié ou de punition ? Qui osera jeter la
première pierre contre le mari, qui, dans
le transport d'une juste colère, immole
une épouse infidèle et son indigne sé-
ducteur ? contre la jeune fille, qui, dans
l'instant d'un voluptueux délire, s'égare
dans les fougueux transports de l'amour ?
Nos lois mêmes, ces lois pédantes, ces
lois barbares, se laissent toucher, et sus-
pendent le glaive de la justice.

— C'est tout autre chose, » répliqua
Albert, « puisqu'un homme entraîné par
ses passions perd absolument l'usage de
sa raison, et doit être regardé comme un
homme ivre ou un insensé.

— Voilà bien les hommes raisonna-
bles ! » m'écriai-je en souriant, « passion !
ivresse ! folie ! vous voyez tout cela avec
indifférence, sans y prendre aucun intérêt.
Gens de bonnes mœurs, vous blâmez
l'ivrogne, vous regardez l'insensé avec
horreur; vous passez outre comme le
prêtre, et remerciez Dieu, comme le
pharisien, de ce qu'il ne vous a pas
créés semblables à l'un de ces gens-là.

12

Je me suis enivré plus d'une fois, et mes passions ont souvent approché de l'extravagance ; mais je n'en rougis pas ; j'ai vu par moi-même que l'on a toujours signalé comme ivre ou fou tout homme extraordinaire qui faisait quelque chose de grand ou qui paraissait impossible. Et ce qui dans la vie ordinaire est aussi insupportable d'entendre dire d'un homme qui fait une action tant soit peu libre, noble ou inattendue : « Cet homme est ivre ou fou. » O gens sobres, sages de la terre qui n'êtes ni ivres, ni fous, rougissez !

— Voilà encore de tes extravagances, » dit Albert ; « tu exagères tout ; et au moins ici tu as tort de comparer aux grandes actions le suicide, dont nous parlons, tandis qu'on ne peut le regarder que comme une faiblesse ; car enfin il est plus aisé de mourir que de supporter avec constance une vie pleine de tourments. »

Peu s'en fallut que je ne rompisse brusquement la conversation ; car rien ne me met hors de moi-même comme de voir un homme m'opposer un lieu commun qui ne signifie rien, lorsque je tire mes arguments du fond de mon cœur. Je

me contins cependant ; car ce n'était pas
la première fois que j'avais entendu raisonner de la sorte, et que j'en avais été
indigné.

« Peux-tu bien traiter cela de faiblesse ! » lui répliquai-je avec un peu de
vivacité. « Eh ! ne te laisse point séduire
par l'apparence. Lorsqu'un peuple gémit
sous le joug insupportable d'un tyran,
peux-tu, si les esprits fermentent, et
qu'il se soulève et brise ses chaines,
peux-tu appeler cela une faiblesse ? Un
homme qui, dans l'effroi que lui cause le
feu qui vient de prendre à sa maison,
sent toutes ses forces tendues, et soulève
sans peine des fardeaux que peut-être il
n'aurait pu remuer quand ses sens sont
tranquilles ; celui qui, furieux de se voir
insulter, attaque six adversaires, et vient
à bout de les terrasser, peuvent-ils être
accusés de faiblesse ? Si celui qui peut
bander un arc est fort, pourquoi celui qui le
rompt méritera-t-il le nom contraire ? »

Albert me regarda fixement et me dit :

« Avec ta permission, il me semble que
les exemples que tu cites ne me paraissent
pas avoir de rapport au sujet.

— C'est possible, on m'a déjà reproché plus d'une fois que ma logique approche souvent du radotage. Voyons donc si nous ne pourrons pas d'une autre manière nous représenter quel doit être le sentiment d'un homme qui se détermine à jeter là le fardeau de la vie en général si agréable à porter ; car ce n'est qu'en entrant dans la situation, en la sentant, que nous pouvons en raisonner avec quelque justesse. La nature humaine, » poursuivis-je, « a ses bornes : elle peut supporter la joie, la douleur, la tristesse, jusqu'à un certain degré ; ce degré passé, elle succombe. La question n'est donc pas ici de savoir si un homme est fort ou faible, mais bien s'il peut supporter la mesure de ses souffrances ; il est indifférent qu'elles soient morales ou physiques, et il me parait aussi extraordinaire de dire que celui qui se tue est un lâche, qu'il serait déraisonnable de donner ce nom à celui qui meurt d'une fièvre maligne.

— Paradoxe ! paradoxe complet ! » s'écria Albert.

« Pas autant que tu le crois. Tu

conviendras que nous appelons mortelle
toute maladie où la nature est tellement
attaquée, que, toutes ses forces épuisées
et n'ayant plus elle-même aucune activité,
elle se trouve trop affaiblie pour pouvoir
se relever par quelque heureuse révolution
et rétablir le cours ordinaire de la nature. Eh bien, mon cher, appliquons ceci
à l'esprit. Vois cet homme resserré dans
ses étroites limites, comme les impressions agissent sur lui, comme les idées se
fixent dans son esprit, jusqu'à ce qu'il
s'élève dans son cœur une passion dont
les progrès le privent de toutes les forces
qu'avaient ses sensations dans leur calme
primitif, et finissent par l'accabler. C'est
en vain qu'un homme raisonnable et de
sang-froid contemple la situation du
malheureux; c'est en vain qu'il tâche de
lui inspirer du courage; semblable à
l'homme en santé qui se tient auprès du lit
d'un malade, et qui ne saurait lui communiquer la plus petite partie de ses forces. »

Albert trouva que je généralisais trop
mes idées; je lui rappelai une jeune fille
qui s'était noyée récemment, et je lui
contai son histoire.

« Une jeune et innocente créature, qui
avait été élevée dans le cercle étroit des
soins domestiques et du travail de la
semaine ; qui n'avait en vue d'autre plaisir
que de se parer quelquefois le dimanche
des modestes habits qu'elle avait lentement gagnés, pour se promener avec ses
compagnes autour de la ville ; peut-être
de danser une fois les jours de grandes
fêtes ; et qui le reste du temps passait
des heures entières à caqueter avec une
voisine sur le sujet d'une dispute ou
d'une médisance ; un tempérament vif lui
fait enfin sentir des besoins plus pressants,
augmentés encore par les flatteries des
hommes, elle trouve insensiblement tous
ses premiers plaisirs insipides ; bientôt
elle rencontre un homme vers lequel l'en-
traine, malgré elle, un sentiment inconnu ;
il devient son unique espérance ; elle
oublie tout le monde ; elle n'entend rien,
ne voit rien que lui, ne désire que lui
seul. N'étant point corrompue par les
vains plaisirs d'une inconstante vanité,
ses vœux tendent droit au but : elle
prétend trouver dans un lien éternel tout
le bonheur qui lui manque, elle veut y

goûter l'assemblage de tous les plaisirs
qu'elle souhaite avec ardeur. Promesses
réitérées qui semblent mettre le sceau à
ses espérances, caresses emportées qui
augmentent l'ardeur de ses feux, assiègent
toutes les avenues de son âme ; elle nage,
pour ainsi dire, dans un avant-goût de
tous les plaisirs, le trouble de ses sens
est à son comble, et elle étend enfin les
bras pour y recevoir l'objet de tous ses
désirs... Son amant l'abandonne... Tran-
sie, éperdue, elle se trouve sur le bord
d'un précipice ; tout ce qui l'environne
n'est que ténèbres ; nulle perspective,
nulle consolation, nul pressentiment ;
elle est abandonnée du seul être qui lui
faisait sentir son existence. Elle ne voit
point le vaste univers qui est devant ses
yeux ; elle ne voit point tant d'hommes,
qui pourraient réparer sa perte. Elle se
sent seule, abandonnée de tout le monde...
Aveuglée, accablée de l'état horrible de
son cœur, elle se précipite dans l'abime,
pour y étouffer ses tourments. Tu vois,
Albert, dans ce tableau l'histoire de plus
d'un malheureux : eh bien ! n'est-ce pas
le cas de la maladie ? La nature ne trouve

aucune issue pour sortir d'un labyrinthe
de forces multipliées et contraires, et il
faut que le malade meure. Malheur à
celui qui dirait en la voyant : l'insensée !
si elle eût attendu, si elle eût laissé agir
le temps, son désespoir se serait apaisé,
et bientôt elle eût trouvé un consolateur.
C'est comme si l'on disait : l'insensé !
il est mort de la fièvre ! s'il eût attendu
que ses forces se fussent rétablies, que
son sang se fût rafraîchi, tout aurait
repris son équilibre, et il vivrait encore
aujourd'hui. »

Albert, qui ne trouvait pas que la justesse de la comparaison sautât aux yeux,
allégua encore plusieurs choses ; entre
autres, que je n'avais parlé que d'une
fille simple et ignorante, mais qu'il ne
pouvait pas concevoir comment un homme
d'esprit, qui était moins borné, et qui
découvrait d'un coup d'œil plus de
combinaisons et de rapports, pût se
laisser aller à ce désespoir.

« Mon ami, » m'écriai-je, « l'homme
est toujours l'homme, et le peu d'esprit
qu'on a ne peut guère se mettre en ligne
de compte, quand la passion se déchaine

et qu'on se trouve serré dans les bornes
de l'humanité. Il y a plus... Nous parle-
rons de cela une autre fois, » lui dis-je
en prenant mon chapeau. Mon cœur,
hélas ! était si plein ! Nous nous quittâmes
sans nous être entendus l'un l'autre,
comme dans ce monde il est si rare qu'on
s'entende.

15 août.

Il est bien vrai que c'est l'affection
seule dans ce monde qui rend les hommes
nécessaires les uns aux autres. Je sens
que Lolotte me perdrait à regret ; et les
enfants n'ont d'autre idée que celle de me
voir toujours revenir le lendemain.

J'étais allé aujourd'hui pour accorder
le clavecin de Lolotte, mais je n'ai pu en
venir à bout, les enfants m'ont persécuté
pour avoir un conte de fée ; et Lolotte a
voulu que je les contentasse. Je leur ai
coupé leur goûter, qu'ils reçoivent actuellement de moi aussi volontiers que de
Lolotte ; et je leur ai conté le premier
chapitre de *la Princesse servie par des
mains enchantées.*

13

J'apprends beaucoup, je t'assure, dans ces narrations, et je suis fort surpris de l'effet qu'elles font sur eux. Si quelquefois j'invente quelque incident, que j'oublie à la seconde fois, ils ne manquent point de me dire : « Ce n'était pas l'autre fois la même chose ; » en sorte que je m'habitue à présent à réciter mes histoires d'une manière invariable, en affectant certaines chutes cadencées et suivies.

J'ai vu par là comment un auteur, qui donne une seconde édition de son histoire avec des changements, fût-elle poétiquement meilleure, fait nécessairement du tort à son ouvrage. Nous nous prêtons volontiers à la première impression, et l'homme est fait de manière qu'il croit même l'incroyable ; il se le grave dans la tête, mais malheur à qui voudrait le détruire ou l'effacer !

18 août.

Fallait-il donc que cela fût ainsi, que ce qui constitue le bonheur de l'homme pût devenir la source de sa misère ? Le sentiment brûlant qui attachait mon cœur à la nature entière, qui m'inondait comme d'un torrent de délices, et qui créait un paradis autour de moi, est devenu un bourreau insupportable, un démon qui me tourmente et me poursuit partout.

Lorsqu'autrefois du haut du rocher je portais mes regards au delà de la rivière, sur les coteaux qui embrassent la fertile vallée et les verdoyantes collines ; que je voyais tout germer et sourdre autour de moi, toutes les montagnes couvertes, depuis leurs pieds jusqu'à leurs sommets, d'arbres élevés et touffus, toutes les vallées ombragées, dans leurs enfoncements inégaux, de riantes forêts, tandis que la rivière coulait tranquillement et avec un doux murmure à travers les roseaux, et réfléchissait dans son cristal les nuages bigarrés balancés dans les airs par le frais zéphir du soir ; lorsque j'entendais les oiseaux animer la forêt de leur ramage, tandis que des milliers de moucherons dansaient à l'envi dans ce trait de lumière purpurine que produisent les derniers rayons du soleil, et qu'à son dernier aspect le hanneton, que sa pré-

sence avait tenu caché sous l'herbe,
prenait l'essor, et s'élevait en bourdon-
nant ; lors, dis-je, que cette végétation
universelle fixait mon attention sur le sol,
et que la mousse, qui tenait sa substance
du rocher, les chardons et autres herbes,
que le sable aride produisait le long de
la colline, me découvraient cette source
sacrée, cet ardent foyer de vie enfoui
dans le sein de la nature : avec quel
transport mon cœur embrassait, saisissait
tous ces objets !

Je me perdais dans leur multiple infini,
et les formes majestueuses de cet immense
univers semblaient vivre et se mouvoir
dans mon âme. D'énormes montagnes
m'environnaient ; j'avais devant moi des
abimes, où je voyais des torrents se
précipiter ; les rivières coulaient sous
mes pieds, et j'entendais les monts et les
forêts retentir ; je voyais toutes ces
forces impénétrables agir les unes sur les
autres et former tout dans les profon-
deurs de la terre. Sur cette terre, et sous
le ciel fourmillent toutes les races des
créatures, et tout, tout se multiplie sous
mille formes différentes. Et les hommes !

ils se nichent ensemble dans de petites
cabanes, ils s'y accommodent, et, dans
leur imagination règnent sur tout l'univers.

Pauvre insensé ! tu vois tout en petit,
parce que tu es petit ! Depuis la montagne inaccessible, jusqu'au désert que
nul pied d'homme n'a foulé, jusqu'aux
bornes inconnues du vaste Océan, l'éternel
Créateur anime tout de son haleine, et
voit avec ravissement chaque grain de
poussière auquel il a donné la vie.

Hélas ! combien de fois n'ai-je pas
désiré avec ardeur de traverser, sur les
ailes de la grue qui volait sur ma tête,
l'immensité de l'espace, pour boire à la
coupe écumante de l'Être infini ce nectar
toujours renaissant de la vie, et savourer
un seul moment, autant que les forces
limitées de mon cœur pourraient me le
permettre, une goutte de la béatitude de
cet Être, en qui et par qui tout est
produit !

Mon ami, le seul souvenir de chacune
de ces heures me ravit ; la joie que je
sens à me rappeler ces élans de l'imagination, ces sensations indicibles, à t'en

parler, élève mon âme au-dessus d'elle-
même et me fait sentir doublement l'angoisse de ma situation actuelle.

Il semble qu'un voile épais recouvre
mon âme, et le spectacle de l'éternité
s'offre et disparait alternativement à mes
yeux dans l'abime toujours ouvert de
l'insatiable tombeau.

Pouvons-nous dire : cela est ! quand
tout passe et roule avec la rapidité de la
foudre, et que chaque être arrive· si
rarement au bout de la carrière que ses
forces semblaient lui promettre de four-
nir, entrainé hélas ! par le courant, sub-
mergé et brisé contre les écueils.

Il n'y a point ici une minute qui ne te
dévore toi et les tiens ; pas un seul
instant où tu ne sois, où tu ne doives
être un destructeur.

Ta plus insignifiante promenade coûte
la vie à des myriades de pauvres insectes ;
un seul pas détruit les cellules qui coûtent
tant de peine aux actives fourmis, et
écrase un petit monde qu'il plonge
indignement dans le tombeau.

Ah ! ce ne sont pas les grandes et
rares révolutions de l'univers, ces torrents

qui balayent vos villages, ces tremble-
ments de terre qui engloutissent vos
villes, ce n'est point tout cela qui me
touche ; ce qui me mine le cœur, c'est
cette force destructive cachée dans le
grand tout de la nature, qui n'a rien
formé qui ne se détruise soi-même et ce
qui l'avoisine.

C'est ainsi que je chancelle au milieu
de mes inquiétudes.

Ciel, terre, forces diverses qui se
meúvent autour de moi, je n'y vois rien
qu'un monstre effroyable toujours dévo-
rant et toujours affamé !

20 août.

C'est en vain qu'à l'aube du jour, lorsque
je commence à m'éveiller après des rêves
sinistres, j'étends les bras vers elle :
c'est en vain que je la cherche la nuit
dans mon lit, lorsque, trompé par un
songe heureux et innocent, je crois être
assis auprès d'elle sur le pré, tenir sa
main et la couvrir de mille baisers.

Hélas ! lorsque, encore à moitié endormi, je tâtonne pour la saisir et que je

m'éveille... un torrent de larmes s'échappe de mon cœur oppressé, et je gémis, sans espoir, à la pensée d'un avenir qui ne m'offre que ténèbres.

21 août.

C'est une fatalité, Guillaume ! Toute mon activité a dégénéré en une indolence inquiète. Je ne saurais rester oisif, et il m'est impossible de rien faire. Je n'ai plus d'imagination ; j'ai perdu ma sensibilité pour les merveilles de la nature, et tous les livres me causent du dégoût.

Quand nous nous manquons à nous-mêmes, tout nous manque. Je te le jure, mille fois je désirerais d'être un manœuvre pour avoir le matin, quand je m'éveille, une perspective, un attrait, une espérance pour le jour suivant.

J'envie souvent le sort d'Albert, que je vois enterré jusqu'aux oreilles dans un tas de papiers et de parchemins, et je m'imagine que je serais heureux à sa place ! Je suis même si frappé de cette idée, que plus d'une fois il m'a pris envie de t'écrire, ainsi qu'au ministre, pour demander cette place à l'ambassade, qui,

comme tu me l'assures, ne me serait
point refusée. Je crois que le ministre
m'aime depuis longtemps ; il m'a dit
plusieurs fois que je devrais chercher à
m'employer ; et il y a des instants où je le
ferais avec plaisir ; mais ensuite, quand
j'y réfléchis et que je viens à me rappeler la fable du cheval qui, impatient
de sa liberté, se laisse seller, brider et
surmener... je ne sais quel parti prendre...
Et, mon ami, ne serait-ce pas en moi
l'effet de ce mouvement intérieur qui me
porte à changer de situation, une impatience insupportable qui me poursuivra
partout ?

28 août.

J'avoue que, si quelque chose pouvait
me guérir de mon mal, ces gens-ci le
feraient. C'est aujourd'hui le jour de ma
naissance, et j'ai reçu de grand matin un
petit paquet de la part d'Albert.

La première chose qui a frappé mes
yeux à l'ouverture, ç'a été un des nœuds
de manche, de couleur de rose, que
portait Lolotte lorsque je fis sa connaissance, et que je lui avais demandé plu-

14

sieurs fois. Albert y avait joint deux
petits volumes in-12, le petit *Homère* de
l'édition de Wetstein, que j'avais tant
de fois souhaité, pour n'être pas chargé
de celui d'Ernesti quand je vais à la promenade.

Tu vois comme ils vont au-devant de
mes souhaits, comme ils cherchent à me
témoigner ces petites complaisances de
l'amitié, mille fois plus précieuses que
ces présents magnifiques sous le poids
desquels nous humilie la vanité de celui
qui les fait.

Je baise mille fois ce nœud de manche ;
et à chaque fois j'ai respiré le souvenir
de cette béatitude dont m'a comblé ce
peu de jours, ces jours fortunés, ces jours
qui ne peuvent revenir. Guillaume, c'est
une vérité, et je n'en murmure point :
les fleurs de la vie ne sont que de vaines
apparitions. Combien se passent sans
laisser la moindre trace ! combien peu
de ces fruits parviennent à la maturité !
Et cependant il en est encore assez, et...
O mon frère !... pouvons-nous négliger
ces fruits mûrs, les dédaigner, n'en pas
jouir, les laisser se flétrir et se corrompre !

Adieu ! l'été est magnifique ; grimpé
quelquefois sur les arbres fruitiers dans
le jardin de Lolotte, la perche à la main,
j'abats les poires les plus hautes ; elle se
tient au pied de l'arbre et les reçoit à
mesure que je les lui jette.

30 août.

Malheureux ! n'es-tu pas insensé ! Ne
te trompes-tu pas toi-même ! Où te
conduira cette passion fougueuse et sans
bornes ? Je n'adresse plus de prières qu'à
elle ; aucune forme ne frappe plus mon
imagination que la sienne ; et tout ce qui
m'environne dans le monde, je ne le vois
plus qu'en liaison avec elle. Et cet état-là
me donne quelques heures de bonheur...
Jusqu'à l'instant où il faut que je m'ar-
rache de sa présence, ah ! Guillaume, où
m'emporte souvent mon cœur !... Lorsque
je suis resté assis deux, trois heures
auprès d'elle à repaître mes yeux et mes
oreilles de ses grâces, de ses gestes et de
l'expression céleste de ses paroles ; que
mes sens se tendent insensiblement, que
ma vue s'obscurcit, que je n'entends plus

qu'à peine et que je me sens pris à la
gorge comme si j'étais saisi par quelque
assassin, alors mon cœur bat avec violence,
pour essayer de rétablir le calme de mes
sens suffoqués, et ne fait qu'en augmenter
le désordre. Guillaume, bien souvent, je
ne sais plus si je suis au monde ! et, à
moins que je ne me trouve accablé tout
à fait, et que Lolotte ne m'accorde la
triste consolation de soulager mon cœur
oppressé en arrosant sa main de mes
larmes... oh ! alors... il faut que je
m'éloigne ! Et je cours errer dans la
campagne. Alors c'est un plaisir pour moi
de gravir une montagne escarpée, de me
frayer un chemin à travers une forêt
impénétrable, à travers les haies qui me
blessent, à travers les ronces qui me
déchirent ! Alors je me trouve un peu
soulagé ! Un peu ! Et lorsque, succom-
bant à la lassitude et à la soif, je reste
en chemin, quelquefois dans la nuit profonde, quand la pleine lune luit sur ma
tête, qu'au milieu d'une forêt solitaire, je
me perche sur un arbre tortueux, pour
donner quelque repos à mes pieds écor-
chés, et que dans un repos inquiet je

sommeille, épuisé, à la lueur du cré-
puscule ! O Guillaume, la demeure solitaire d'une cellule, la ceinture hérissée de
pointes de fer, et un cilice seraient pour
moi des voluptés, au prix des tortures
qui m'étreignent. Adieu. Je ne vois à
toutes ces misères d'autre terme que la
tombe.

3 septembre.

Il faut que je parte ! Je te remercie,
Guillaume, d'avoir fixé mes incertitudes.
Voilà déjà quinze jours que je pense à la
quitter. Il le faut. Elle est encore une
fois à la ville chez une amie. Et Albert...
Et... Je partirai.

18 septembre.

Quelle nuit ! Guillaume, à présent je
puis tout supporter. Je ne la verrai plus.
Oh ! que ne puis-je te sauter au cou,
mon bon ami, et t'exprimer, en versant
un torrent de larmes, tous les mouvements
qui assaillent mon cœur.

Je suis assis, je cherche avec avidité à
respirer l'air, je tâche de me tranquilliser,

j'attends le jour, et les chevaux doivent
être prêts au lever du soleil.

Hélas! elle dort d'un sommeil tranquille,
et ne pense pas qu'elle ne me reverra jamais. Je me suis arraché d'auprès d'elle ; et
pendant un entretien de deux heures, j'ai
eu assez de force pour n'avoir point trahi
mon projet. Et quel entretien ! grand Dieu !

Albert m'avait promis de se trouver au
jardin avec Lolotte aussitôt après le
souper. J'étais debout sur la terrasse sous
les grands marronniers, et je regardais le
soleil, que je voyais pour la dernière fois
se coucher au delà de la riante vallée et
du fleuve paisible. Je m'y étais si souvent
trouvé avec elle ; nous avions tant de
fois contemplé ensemble ce magnifique
spectacle, et maintenant... j'allais au
hasard dans cette allée, que j'aimais tant !
Une secrète sympathie m'y avait si souvent retenu, avant même que je connusse
Lolotte ! Et quel plaisir lorsqu'au commencement de notre liaison nous nous
découvrimes réciproquement notre inclination pour ce réduit, qui est vraiment
un des sites les plus enchantés que j'ai
jamais vus.

Vous découvrez d'abord à travers les
marronniers la perspective la plus étendue... Ah ! je m'en souviens, je te l'ai, je
pense, déjà beaucoup écrit : des hêtres
élevés forment une allée qui s'obscurcit
insensiblement à mesure qu'on approche
d'un bosquet où elle aboutit, jusqu'à ce
que tout se termine à une petite enceinte,
où l'on éprouve tous les charmes de la
solitude.

Je sens encore l'espèce de saisissement
que je sentis lorsque, le soleil étant au
plus haut de son cours, j'y entrai pour
la première fois. J'eus un pressentiment
vague et confus de la félicité et de la
douleur dont ce lieu devait être pour moi
le théâtre.

Il y avait une demi-heure que je m'en-
tretenais de ces douces et cruelles pensées
des adieux, du retour, lorsque je les
entendis monter sur la terrasse ; je
courus au-devant d'eux, je lui pris sa
main en frissonnant et je la baisai. Nous
étions sur la terrasse, lorsque la lune
parut derrière les buissons qui couvrent
les collines. Nous parlions de diverses
choses, et nous approchions insensible-

ment du sombre bosquet. Lolotte y entra
et s'assit ; Albert se plaça d'un côté, moi
de l'autre ; mais mon trouble ne me
permit pas de rester longtemps en place ;
je me levai, je me tins debout devant
elle, je fis quelques tours, et me rassis ;
c'était un état violent. Elle nous fit remarquer le bel effet de la lune qui, au
bout des hêtres, éclairait toute la terrasse ; tableau splendide, d'autant plus
brillant, que nous étions environnés
d'une obscurité profonde. Nous gardâmes
quelque temps le silence ; elle le rompit
par ces mots :

« Jamais, non, jamais, je ne me pro-
mène au clair de lune, que je ne me
rappelle ceux que j'ai perdus, que je ne
sois frappée du sentiment de la mort et
de l'avenir. Oui, nous serons encore, »
continua-t-elle avec un accent solennel,
« mais, Werther, nous retrouverons-nous ?
nous reconnaitrons-nous ? Quel pressentiment avez-vous là-dessus ? qu'en pensez-
vous ? que dites-vous ?

— Lolotte, » lui dis-je en lui tendant
la main, et sentant mes larmes prêtes à
couler, « nous nous reverrons ! En cette vie

et en l'autre, nous nous reverrons !... »

Je ne pus en dire davantage... Guillaume, fallait-il qu'elle me fît cette question au moment où j'avais le cœur plein de cette séparation cruelle ?

« Ces chers amis que nous avons perdus, » continua-t-elle, « savent-ils quelque chose de nous ? Ont-ils le sentiment du bonheur que nous éprouvons lorsque, pénétrés d'amour pour eux, nous nous rappelons leur mémoire ? Hélas ! l'image de ma mère est toujours présente à mes yeux, lorsque le soir je suis assise tranquillement au milieu de ses enfants, de mes enfants, et qu'ils sont assemblés autour de moi, comme ils l'étaient autour d'elle. Lorsque je lève vers le ciel mes yeux mouillés de larmes, et que je souhaiterais qu'elle pût jeter un coup d'œil sur nous, qu'elle pût voir comment je tiens la promesse que je lui fis, à sa dernière heure, d'être la mère de ses enfants, je m'écrie cent et cent fois : Pardonne, chère mère, si je ne suis pas pour eux ce que tu étais toi-même. Ah ! je fais cependant tout ce que je puis : ils sont vêtus, nourris, et, ce qui est plus encore, ils

sont choyés et chéris. Ame chère et
bienheureuse, que ne peux-tu voir notre
union ! Tu rendrais les plus vives actions
de grâces à ce Dieu à qui tu demandas,
en versant les larmes les plus amères, le
bonheur de tes enfants. »

Elle dit cela, ô Guillaume ! Qui pourrait répéter tout ce qu'elle dit ? Comment
des caractères froids et inanimés pour-
raient-ils rendre ces traits célestes, ces
fleurs de l'esprit ?

Albert l'interrompit avec douceur :

« Vous êtes trop émue, chère Lolotte ;
je sais que votre âme est fort attachée à
ces idées ; mais je vous prie.

— Albert, » interrompit-elle, « je sais
que tu n'as pas oublié ces soirées où nous
étions assis ensemble autour de la petite
table ronde, lorsque mon père était en
voyage et que nous avions envoyé coucher les enfants. Tu avais souvent un bon
livre, mais rarement t'arrivait-il de nous
en lire quelque chose : l'entretien de cette
aimable femme n'était-il pas préférable à
tout ? Elle était belle, douce, gaie et
toujours active. Dieu connait les larmes
que je versais souvent, lorsque j'étais

rentrée dans ma chambre, en m'humiliant
devant lui et le priant de me rendre
semblable à ma mère.

— Lolotte, » m'écriai-je en me jetant
à ses pieds, et lui prenant la main que je
baignai de larmes, « Lolotte, la béné-
diction du ciel repose sur toi ainsi que
l'esprit de ta mère.

— Si vous l'aviez connue ! » me dit-
elle en me serrant la main... « Elle était
digne d'être connue de vous. »

Je crus que j'allais m'anéantir ; jamais
éloge plus grand, plus glorieux, n'a été
prononcé sur mon compte.

Elle poursuivit :

« Et cette femme est morte à la fleur
de son âge, lorsque le dernier de ses fils
n'avait pas encore six mois. Sa maladie
ne fut pas longue : elle était calme,
résignée ; ses enfants seuls l'inquiétaient,
et surtout le petit. Lorsqu'elle sentit sa
fin s'approcher, elle me dit : « Amène-
« les moi. » Je les conduisis dans sa
chambre ; les plus jeunes ne connaissaient
pas encore la perte qu'ils allaient faire,
les autres étaient hors d'eux-mêmes. Je
les vois encore autour de son lit. Elle

leva les mains et pria sur eux ; elle les
baisa les uns après les autres, les renvoya,
et me dit : « Sois leur mère ! » Je le lui
promis ! « Tu promets beaucoup, ma
« fille, » me dit-elle ; « le cœur d'une
« mère ! l'œil d'une mère ! Tu en sens
« toute l'excellence, et tes larmes recon-
« naissantes me le prouvent. Aie l'un et
« l'autre pour tes frères et tes sœurs ;
« et pour ton père la fidélité et l'obéis-
« sance d'une épouse. Tu seras sa conso-
« lation. » Elle le demanda ; il était
sorti pour nous cacher l'immense douleur
qu'il ressentait ; le pauvre homme était
déchiré ! Albert, tu étais dans la chambre.
Elle entendit quelqu'un marcher, elle demanda qui c'était et te fit approcher.
Comme elle nous fixa l'un et l'autre, dans
la consolante pensée que nous serions
heureux ensemble ! »

Albert se jeta à son cou, et l'embrassa
en s'écriant :

« Oui, nous le sommes ! Nous le serons ! »

Le flegmatique Albert était tout hors
de lui, et je ne me possédais plus.

« Werther, » reprit-elle, « cette femme
n'est plus ! Grand Dieu ! faut il qu'on

voie partir ce qu'on a de plus cher ! Et
personne ne le sent aussi vivement que
les enfants, qui, longtemps après se
plaignaient : *Que les hommes noirs avaient
emporté maman.* »

Elle se leva, je me sentais ému, troublé, je restais assis et tenais sa main.

« Il faut rentrer, » dit-elle, « il est temps. »

Elle voulait retirer sa main ; je la retins
avec plus de force !

« Nous nous reverrons ! » m'écriai-je.
« nous nous trouverons, sous quelque
forme que ce puisse être, nous nous re-
connaîtrons.

— Je vous laisse, » continuai-je, « je
vous laisse volontiers ; mais si je croyais
que ce fût pour jamais, je ne pourrais
supporter cette idée. Adieu, Lolotte,
adieu, Albert. Nous nous reverrons.

— Demain, je pense, » dit-elle en plai-
santant.

Je sentis ce demain ! Hélas ! elle ne
savait pas, lorsqu'elle retirait sa main de
la mienne...

Ils descendirent l'allée ; je me levai, les
suivis de l'œil au clair de la lune, me jetai
à terre, répandis un torrent de larmes.

Je me relevai, je courus sur la terrasse ; je regardai en bas, et je vis encore,
vers la porte du jardin, sa robe blanche
briller dans l'ombre des hauts tilleuls ;
j'étendis les bras. Tout avait disparu.

DEUXIÈME PARTIE

20 octobre 1771.

Nous sommes arrivés hier. L'ambassadeur est indisposé, en sorte qu'il s'arrêtera ici quelques jours ; s'il était moins bourru, tout irait bien. Je le vois, je le vois, le sort m'a préparé de rudes épreuves. Mais prenons courage ! avec un peu de légèreté, on peut tout supporter !

De la légèreté ! Je ris de voir ce mot

16

s'échapper de ma plume. Hélas ! un peu
plus de cette légèreté qui me manque,
me rendrait l'homme le plus heureux de
la terre. Quoi ! là où d'autres, avec très
peu de courage et de talent, passent
devant moi pleins d'une douce complaisance pour eux-mêmes, je désespérerais
de mes forces et de mes facultés ! Dieu
de bonté, de qui je tiens tous ces dons,
que n'en as-tu retenu une partie, pour
me donnner à leur place la confiance et
le contentement de moi-même !

Patience ! patience ! cela ira mieux.
Car je te le dis, mon ami, tu as raison ;
depuis que je suis tous les jours mêlé à
la foule, et que je vois ce que sont les
autres, et de quelle manière ils se con-
duisent, je suis plus content de moi-
même. Certes, puisque nous sommes
ainsi faits, que nous comparons tout à
nous-mêmes, et nous-mêmes à tout, il
suit de là que le bonheur ou la misère
ne tiennent qu'aux objets auxquels nous
nous lions, et dès lors il n'y a rien de
plus dangereux que la solitude. Notre
imagination, portée de sa nature à s'éle-
ver, et nourrie des images fantastiques

de la poésie, se crée un ordre d'êtres
dont nous sommes les derniers ; tout ce
qui est hors de nous, nous semble magnifique, tout autre nous paraît plus parfait
que nous-mêmes. Et cela est tout naturel :
nous sentons si souvent qu'il nous manque
tant de choses ! Et ce qui nous manque,
souvent un autre semble le posséder ;
nous lui donnons alors tout ce que nous
avons nous-mêmes, et par-dessus tout
cela, un certain stoïcisme idéal. Ainsi cet
être heureux et parfait est notre propre
ouvrage. Au contraire lorsqu'avec toute
notre faiblesse et notre imperfection nous
continuons notre travail sans nous dis-
traire, nous remarquons souvent que
nous allons plus loin en louvoyant, que
d'autres en faisant force de voiles et de
rames... Et... C'est pourtant avoir un
vrai sentiment de soi-même, que de se
voir marcher l'égal de ses rivaux, ou
même de les devancer.

10 novembre.

Je commence à me trouver assez bien
ici à certains égards ; je suis assez occupé,

et ce grand nombre de personnes et de
nouveaux visages de toute espèce, offre à
mon âme un spectacle varié et piquant.

J'ai fait la connaissance du comte
de C..., pour qui je sens croître mon
respect de jour en jour. C'est un homme
d'un esprit pénétrant et étendu ; mais il
n'en est pas plus froid pour cela. Son
commerce me fait voir combien il est
sensible à l'amitié et à l'amour. Il s'inté-
ressa à moi, lorsque, m'acquittant d'une
commission dont j'étais chargé auprès de
lui, il remarqua, dès les premiers mots,
que nous nous entendions, et qu'il pouvait parler avec moi autrement qu'avec
tout le monde. Aussi je ne puis assez me
louer de sa conduite cordiale à mon
égard. Il n'y a pas de joie plus vraie que
celle de voir une belle âme s'ouvrir ainsi
devant vous.

24 décembre.

L'ambassadeur me chagrine beaucoup ;
je l'avais prévu. C'est le sot le plus poin-
tilleux qu'on puisse voir. Il marche pas à

pas ; il est aussi minutieux qu'une vieille
commère.

C'est un homme qui n'est jamais content
de lui-même, et que par conséquent personne ne saurait satisfaire. Je travaille
vite et je ne retouche pas volontiers ce
qui est une fois écrit.

Aussi il sera homme à me remettre un
mémoire et à me dire :

« Il est bien, mais revoyez-le ; on
trouve toujours un meilleur mot, une
particule mieux placée. »

Alors je me donnerais au diable de
bon cœur. Pas un *et*, pas la moindre
conjonction ne peut être omise, et il est
ennemi déclaré de ces inversions que
j'aime, qui m'échappent quelquefois. Si
une période ne ronfle pas et n'est pas
cadencée selon le ton du bureau, il n'y
est plus. C'est un martyre que d'avoir
affaire à un aussi triste personnage.

La confiance du comte de C... est la
seule chose qui me dédommage. Il n'y a
pas longtemps qu'il me dit franchement
combien il était mécontent de la lenteur
et de la minutieuse circonspection de
mon ambassadeur. Ces gens-là sont insup-

portables à eux-mêmes et aux autres.

« Et cependant, » dit-il, « il faut prendre son parti, comme un voyageur qui est obligé de passer une montagne. Sans doute si la montagne n'était pas là, le chemin serait plus facile et plus court ; mais elle y est, et il faut la franchir ! »

Mon vieux diplomate s'aperçoit bien de la préférence que le comte me donne sur lui, ce qui l'aigrit encore, et il saisit toutes les occasions de parler mal du comte devant moi. Je prends, et c'est bien naturel, sa défense, et les choses n'en vont que plus mal.

Hier il me mit tout à fait hors des gonds, car, en tirant sur le comte, il tirait en même temps sur moi.

« Le comte, » dit-il, « connaît assez bien les affaires du monde, il a de la facilité pour le travail, il écrit fort bien, mais, quant à une érudition solide, elle lui manque, comme à tous les beaux esprits. »

Je l'aurais de bon cœur battu, car il n'y a vraiment rien à dire à ces brutes-là ; mais comme cela n'était pas possible, je lui répondis avec assez de vivacité que le

comte était un homme à qui on devait
des égards, soit pour son caractère, soit
pour ses lumières.

« Je ne connais personne, » dis-je,
« qui ait mieux réussi que lui à étendre
la sphère de son esprit, à l'appliquer à un
nombre infini d'objets, sans rien perdre
de l'activité requise pour le courant ordinaire des affaires. »

Tout cela n'était pour lui que de
l'algèbre, et je me retirai, de peur que
quelque nouvelle extravagance ne m'échauf-
fât trop la bile.

Et c'est à vous que je dois m'en prendre, à vous qui m'avez fourré là, à vous
qui m'avez tant prôné l'activité. Activité !
Je veux, si celui qui plante des pommes
de terre, et va vendre son grain à la ville,
n'est pas plus actif que moi, je veux bien
ramer encore pendant dix ans sur la
maudite galère où je suis enchaîné !

Et cette brillante misère, cet ennui
glacial qui règne sur ce peuple maussade
qui se voit ici ! Cette manie des rangs,
qui fait qu'ils se surveillent et s'épient
les uns les autres, pour tâcher de gagner
un pas l'un sur l'autre ; passions malheu-

reuses et pitoyables, qui ne sont pas
même masquées !... Il y a ici, par exemple,
une femme qui entretient sans cesse tout
le monde de sa noblesse et de sa terre ;
en sorte qu'il n'y a pas un étranger qui
ne doive dire en lui-même :

« Voilà une sotte qui s'enorgueillit de
de son peu de noblesse, et à qui la pos-
session d'une méchante terre seigneuriale
fait tourner la tête. »

Mais ce n'est que là le pire : cette
même femme est tout uniment la fille
d'un secrétaire du bailliage des environs...
Vois-tu, je ne puis concevoir que le
genre humain ait assez peu de bon sens
pour s'avilir aussi platement.

Je remarque chaque jour de plus en
plus combien il est absurde de se mesurer
sur les autres. Hélas ! j'ai tant de peine à
calmer mon sang, à tranquilliser mon
cœur... Hélas ! je laisse bien volontiers
chacun suivre son chemin, s'il voulait me
laisser aller de même.

Ce qui me fatigue le plus, ce sont ces
misérables distinctions entre les habitants
d'une même ville ; je sais aussi bien qu'un
autre combien la distinction des états est

nécessaire, combien d'avantages elle me
procure à moi-même ; mais je ne voudrais
pas qu'elle me barrât le chemin qui peut
me conduire à quelque plaisir, et me
faire jouir encore d'une ombre de bonheur
sur cette terre.

J'ai fait dernièrement connaissance à la
promenade d'une demoiselle de B....
aimable créature, qui, malgré la roideur
des gens qui l'entourent, a conservé
beaucoup d'aisance et de naturel.

Nous nous plûmes à la première conversation ; et lorsque nous nous sépa-
râmes, je lui demandai la permission de
l'aller voir.

Elle me l'accorda avec tant de bonne
grâce, que j'attendis avec impatience le
moment d'en profiter.

Elle n'est point de cette ville, et elle
demeure chez une de ses tantes. La
physionomie de cette vieille bégueule me
déplut ; je lui témoignai beaucoup d'égards ;
je lui adressai presque toujours la parole,
et en moins d'une demi-heure j'eus deviné,
ce que la nièce m'a avoué par la suite,
que la chère tante, peu riche, peu spiri-
tuelle, n'a d'autre appui que la longue

17

suite de ses ancêtres, d'autre rempart que
la noblesse dont elle fait une palissade
autour d'elle, et d'autre récréation que
de toiser dédaigneusement les bourgeois
du haut de son premier étage. Elle doit
avoir été belle dans sa jeunesse. Elle a
passé sa vie à des bagatelles, a fait
d'abord le tourment de plusieurs jeunes
gens par ses caprices, et, dans un âge
plus mûr, elle a baissé humblement la
tête sous le joug d'un vieil officier, qui,
au prix d'un honnête revenu, passa avec
elle le siècle d'airain et mourut ; maintenant elle se voit seule au siècle de fer,
et personne ne ferait attention à elle sans
son aimable nièce.

8 janvier 1772.

Quels hommes que ceux dont l'âme est
tout entière dans le cérémonial, qui
passent toute l'année à imaginer, à con-
trouver les moyens de pouvoir se glisser
à table à une place plus haute d'un
siège ! Ce n'est pas qu'ils manquent
d'ailleurs d'occupations ; tout au contraire,
l'ouvrage se multiplie parce qu'ils donnent

à ces bagatelles le temps qu'ils devraient
employer aux affaires d'importance.

C'est ce qui arriva la semaine dernière
à une course de traineaux ; il y eut
dispute sur la préséance, et toute la fête
fut troublée.

Les insensés, qui ne voient pas que ce
n'est point la place qui fait la vraie
grandeur et que celui qui a cette première place joue si rarement le premier
rôle !

Combien de rois qui sont conduits par
leurs ministres et combien de ministres
qui sont guidés par leurs secrétaires !
Qui est le premier alors ! C'est celui-là,
je pense, qui a plus de lumières que les
autres et assez de pouvoir ou d'adresse
pour faire servir à ses desseins leurs
forces et leurs passions.

20 janvier.

Il faut que je vous écrive, ma chère
Lolotte, d'ici, dans la chambre d'une
auberge de campagne, où j'ai cherché un
abri contre un orage terrible. Aussi
longtemps que j'ai été dans ce triste
repaire D..., au milieu de gens étrangers,

oh ! tout à fait étrangers à mon cœur, je
n'ai trouvé aucun instant, aucun, où ce
cœur m'eût inspiré le besoin de vous
écrire. Mais à peine dans cette cabane
étroite et solitaire, où la neige et la
grêle viennent fouetter ma petite fenêtre,
vous avez été ma première pensée. Dès
que j'y suis entré, l'idée de votre personne, ô Lolotte ! cette idée si sainte, si
vive, s'est d'abord présentée à moi.
Grand Dieu ! la première minute de mon
bonheur est revenue !

Si vous me voyiez, chère amie, au
milieu du torrent des distractions ! Comme
tous mes sens ont perdu leur vigueur ;
pas un instant pour les jouissances du
cœur, pas une heure à donner à ces
larmes si délicieuses. Rien, rien. Je me
tiens debout comme devant *la pièce curieuse*,
je vois de petits hommes et de petits
chevaux passer et repasser devant moi,
et je me demande souvent si ce n'est
point une illusion d'optique. Je joue avec
ces marionnettes, ou plutôt j'en suis une
moi-même, et souvent je prends mon
voisin par sa main de bois, et je me
recule avec horreur.

Je n'ai trouvé ici qu'une seule créature féminine digne de ce nom, mademoiselle de B... Elle vous ressemble, chère Lolotte, si l'on peut vous ressembler. « Ah ! direz-vous, il se mêle de faire des compliments ! » Cela n'est pas tout à fait faux. Depuis quelque temps je suis fort *gentil*, parce que je ne puis pas encore être autre chose ; j'ai beaucoup d'esprit, et les femmes disent que personne ne saurait plus galamment que moi distribuer des compliments... et des mensonges, ajoutez-vous, car l'un ne va pas sans l'autre.

Je voulais vous parler de mademoiselle de B... Elle a beaucoup d'âme, et cette âme perce tout entière à travers ses beaux yeux bleus. Sa noblesse lui est à charge, parce qu'elle ne satisfait aucun des désirs de son cœur. Elle aspire à se voir hors de ce tourbillon, et nous passons quelquefois des heures entières à nous figurer un bonheur sans mélange dans une retraite champêtre. Vous n'y êtes point oubliée ; ah ! combien de fois n'est-elle pas obligée de vous rendre hommage ! Que dis-je, obligée ? Elle le fait volontiers ; elle a tant de plaisir à entendre parler de vous ! Elle vous aime...

Oh ! que ne suis-je assis à vos pieds dans votre petite chambre, tandis que nos petits amis sauteraient autour de moi ! Quand vous les trouveriez trop bruyants, je les rassemblerais tranquilles auprès de moi, en leur contant quelque conte bien effrayant. Le soleil se couche majestueusement ; ses derniers rayons brillent sur la neige qui couvre la campagne.

L'orage s'est apaisé. Et moi... Il faut que je rentre dans ma cage.

Adieu !

Albert est-il auprès de vous ? Et comment ?... Insensé ! devrais-tu faire cette question ?

17 février.

Je crains bien que l'ambassadeur et moi, nous ne soyons pas longtemps d'accord. Cet homme est tout à fait insupportable ; sa manière de travailler et de conduire les affaires est si ridicule, que je ne puis m'empêcher de le contredire, et de faire souvent à ma tête des

choses que naturellement il ne trouve
jamais bien.

Il s'en est plaint dernièrement à la
cour, et le ministre m'a fait une réprimande, modérée, il est vrai, mais enfin
c'est toujours une réprimande, et j'étais
sur le point de demander mon congé,
lorsque j'ai reçu de lui une lettre confi-
dentielle devant laquelle je me suis mis
à genoux, pour adorer le sentiment élevé,
noble et sage avec lequel il cherche à
calmer mon excessive sensibilité et à
rectifier mes idées exagérées sur l'activité.

Il veut bien attribuer mon influence sur
les autres, ma pénétration dans les
affaires, à ce courage qui convient à la
jeunesse. Aussi me voilà fortifié pour
huit jours, et réconcilié avec moi-même.
Le repos de l'âme est une belle chose,
mon ami, mais hélas ! elle est aussi fragile
qu'elle est belle !

20 février.

Que Dieu vous bénisse, mes chers
amis, et vous donne tous les jours heureux qu'il m'enlève.

Je te remercie, Albert, de m'avoir trompé ; j'attendais l'avis qui devait m'apprendre le jour de votre mariage, et je m'étais promis de détacher ce même jour solennellement de la muraille le portrait de Lolotte et de l'enterrer parmi d'autres papiers.

Vous voilà unis, et son portrait est encore ici ! Il y restera !

Et pourquoi non ! Je sais que je suis aussi chez vous ; je suis, sans te faire de tort, dans le cœur de Lolotte. J'y tiens, oui, j'y tiens la seconde place après toi, et je veux, je dois la conserver.

Oh ! je deviendrais furieux si elle pouvait oublier... Albert, l'enfer est dans cette idée. Albert ! Adieu, adieu, ange du ciel, adieu, Lolotte !

15 mars.

Il vient de m'arriver une aventure qui me chassera d'ici ; je grince des dents ! Diable ! c'est une chose faite, et c'est encore à vous que je dois m'en prendre, à vous qui m'avez aiguillonné, excité, tourmenté pour me faire accepter une

position qui ne me convenait pas. J'y
suis, vous en êtes venus à bout. Et afin
que tu ne dises pas encore que mes idées
exaltées gâtent tout, mon cher, voici le
fait raconté avec toute la précision et la
netteté d'un chroniqueur.

Le comte de C... m'aime, me distingue,
on le sait, je te l'ai dit cent fois. Je restai
à dîner chez lui hier : c'était le jour où
toute la noblesse des deux sexes s'assemble
le soir chez lui ; c'est une société à
laquelle je n'ai jamais pensé ; et d'ailleurs
il ne m'était jamais venu dans l'esprit que
nous autres subalternes nous ne sommes
pas là à notre place. Bon. Je dîne chez le
comte, et après le dîner nous allons et
venons dans le salon, je cause avec le comte
et le colonel B... qui survient ; et insensiblement l'heure de l'assemblée arrive.

Dieu sait que je ne pensais à rien.
Arrivent très haute et puissante dame
de S... avec M. son mari, et leur oison
de fille avec sa gorge plate et son corps
effilé et tiré au cordeau ; ils me font en
passant la petite grimace familière aux
grands seigneurs, l'œil arrogant et le nez
en l'air.

Comme je déteste cordialement cette engeance, je voulais me retirer et j'attendais seulement que le comte fût délivré de leur maussade babil ; lorsque mademoiselle de B... entra aussi ; et, comme je sens toujours mon cœur s'épanouir un peu quand je la vois, je restai donc et me plaçai derrière sa chaise ; je ne m'aperçus qu'au bout de quelque temps qu'elle me parlait d'un ton moins ouvert que de coutume, et avec une sorte de contrainte. J'en fus frappé. « Serait-elle donc aussi comme tout ce monde-là ? » dis-je en moi-même. « Que le diable l'emporte ! » J'étais piqué, je voulais me retirer, mais l'envie d'approfondir cette affaire me retint.

Cependant le cercle s'agrandit peu à peu. Je vis entrer le baron F..., avec l'habit qu'il portait au couronnement de François Iᵉʳ ; le conseiller R..., qualifié ici de monseigneur de R..., avec sa femme qui est sourde, sans oublier le ridicule J..., dont l'ajustement gothique contrastait avec nos habits modernes, etc... Je jase avec quelques personnes de ma connaissance, je les trouve toutes fort laconiques. Je pensais.., et je ne faisais attention qu'à mademoiselle de B... Je ne m'apercevais pas que les femmes se parlaient à l'oreille, au bout de la salle, que cela gagnait même les hommes, que Mme de S... parlait avec le comte, — Mlle de B... m'a dit tout cela depuis, — jusqu'à ce qu'enfin le comte vint à moi, et me conduisit vers une fenêtre.

« Vous connaissez, » me dit-il, « nos usages singuliers ; il me semble que la compagnie est choquée de vous voir ici ; je ne voudrais pas pour tout au monde...

— Monseigneur, » lui dis-je, en l'interrompant, « je vous demande mille pardons, j'aurais dû y songer plus tôt ; mais j'espère que vous me pardonnerez cette inconséquence ; j'avais déjà pensé à me retirer. Un mauvais génie m'a retenu, » ajoutai-je en riant, et en lui faisant mon salut d'adieu.

Le comte me serra la main d'une manière qui disait tout.

Je saluai l'illustre compagnie, montai dans un cabriolet et me rendis à M... pour y voir du haut de la montagne le soleil se coucher, et relire en même temps

ce beau passage d'Homère, où il raconte
comment Ulysse reçut l'hospitalité chez
un digne gardeur de pourceaux, et je
revins satisfait.

Quand j'entrai, le soir, dans la salle à
manger, il n'y avait encore que quelques
personnes, qui jouaient aux dés sur un
coin de la table : on avait relevé un bout
de la nappe. Je vis entrer l'honnête
Adelin. Il posa son chapeau en me
regardant, vint à moi, et me dit tout
bas :

« Tu as eu du chagrin ?

— Moi ?

— Le comte t'a fait entendre qu'il
fallait sortir de la compagnie ?

— Que le diable l'emporte ! J'étais
bien aise d'aller prendre l'air.

— Tu fais bien de prendre la chose sur
ce ton-là ; ce qui me fâche, c'est qu'elle
court déjà partout. »

Ce fut alors que je me sentis piqué.
Je m'imaginai que tous ceux qui venaient
se mettre à table, et qui me regardaient
avec une sorte d'attention, pensaient à
mon aventure, ce qui commença à me
mettre de mauvaise humeur.

Et lorsqu'aujourd'hui l'on me plaint partout où je vais, lorsque j'apprends que tous mes rivaux triomphent, et disent : Voilà ce qui arrive à ces nains présomptueux qui s'éblouissent de leurs talents, et qui croient pouvoir se mettre au-dessus de toutes considérations, et autres sottises semblables, alors on s'enfoncerait volontiers un couteau dans le cœur. Qu'on vante tant qu'on voudra la modération ; je voudrais voir celui qui peut souffrir que des drôles glosent niaisement sur son compte, lorsqu'ils ont l'avantage sur lui. Quand leurs propos sont sans fondement, ah ! l'on peut alors ne pas s'en mettre en peine.

16 mars.

Tout conspire contre moi ! J'ai rencontré aujourd'hui mademoiselle de B... à la promenade. Je n'ai pu m'empêcher de l'aborder, et dès que nous nous sommes trouvés un peu éloignés de la compagnie, de lui témoigner combien j'étais sensible à l'étrange conduite qu'elle avait tenue l'autre jour avec moi.

« O Werther », m'a-t-elle dit avec
émotion, « avez-vous pu, connaissant
mon cœur, interpréter ainsi mon trouble ?
Que n'ai-je pas souffert pour vous, depuis l'instant de mon entrée dans le salon ! Je prévis tout, cent fois j'eus la
bouche ouverte pour vous le dire ; je
savais que la de S... et la de T... rom-
praient plutôt avec leurs maris, que de
rester dans votre société ; je savais que
le comte n'ose pas se brouiller avec elles ;
et puis, tout cet éclat !...

— Comment, Mademoiselle ? » lui ai-je
dit en cachant mon saisissement ; car
tout ce qu'Adelin m'avait dit avant-hier
me courait dans ce moment par toutes
les veines comme une eau bouillante.
« Combien il m'en a déjà coûté ! » a dit
cette douce créature les larmes aux yeux !
Je n'étais plus maître de moi-même, et
j'étais sur le point de me jeter à ses
pieds.

« Expliquez-vous, » me suis-je écrié.
Ses larmes inondaient ses joues ; j'étais
hors de moi. Elle les a essuyées sans
vouloir les cacher.

« Ma tante, vous la connaissez », a-t-elle

dit, « elle était présente, et elle a vu, ah!
grand Dieu! avec quels yeux elle a vu
cette scène! Werther, j'ai essuyé hier au
soir, et ce matin, un sermon sur ma liaison avec vous, et il m'a fallu vous entendre abaisser et mépriser, sans pouvoir,
sans oser vous défendre qu'à demi. »

Chaque mot qu'elle prononçait était un
coup de poignard pour mon cœur. Elle
ne sentait pas que par pitié elle eût dû
me taire tout cela. Elle ajoutait de plus
tout ce qu'on en disait encore, et quel
triomphe ce serait pour les gens les plus
dignes de mépris ; combien on se réjoui-
rait de voir punir mon orgueil et le peu
de cas que je faisais des autres, ce qu'ils
me reprochaient depuis longtemps.

Entendre tout cela de sa bouche,
Guillaume! prononcé d'une voix si com-
patissante! J'étais atterré, et j'en ai encore la rage dans le cœur. Je voudrais
que quelqu'un s'avisât de me plaisanter
sur cette aventure, pour que je pusse lui
passer mon épée au travers du corps!
Si je voyais du sang, je serais plus tranquille. Hélas! j'ai déjà cent fois saisi un
couteau pour soulager mon cœur oppres-

sé. Il est une noble race de chevaux, qui,
lorsqu'ils sont échauffés et surmenés,
s'ouvrent par instinct une veine avec
leurs dents pour respirer plus à l'aise. Je
me trouve souvent dans le même cas, je
voudrais m'ouvrir une veine pour retrou-
ver la liberté éternelle.

24 mars.

J'ai demandé ma démission à la cour,
et j'espère l'obtenir ; et vous me pardonnerez si je ne vous ai pas d'abord demandé votre permission. Tôt ou tard il
fallait partir ; et je sais tout ce que vous
auriez pu me dire pour me persuader de
rester ; ainsi... Tâche de faire avaler
cette pilule à ma mère. Je ne saurais
rien faire pour moi-même ; elle ne doit
donc pas murmurer si je ne puis l'aider.
Cela doit sans doute l'affliger : voir son
fils s'arrêter tout à coup dans la carrière
brillante qui le conduisait droit aux gra-
des de conseiller privé et d'ambassadeur,
et rentrer ainsi honteusement dans la
poussière !

Faites tout ce que vous voudrez, com-

binez tous les cas possibles où j'aurais
pu, où j'aurais dû rester ; il suffit, je
pars. Et afin que vous sachiez où je vais,
il y a ici le prince de *** qui a pris plaisir en ma société ; dès qu'il a entendu
parler de mon projet, il m'a proposé de
l'accompagner dans ses terres, et d'y passer le printemps. J'aurai liberté entière
de disposer de moi ; il me l'a promis ;
et comme nous nous entendons ensemble jusqu'à un certain point, je veux
en courir les risques et partir avec lui.

19 avril.

Je te remercie de tes deux lettres. Je
n'y ai point fait de réponse, parce que
j'ai différé d'envoyer celle-ci jusqu'à ce
que j'eusse obtenu mon congé de la cour,
dans la crainte que ma mère ne s'adres-
sât au ministre, et ne me contrecarrât
dans mon projet. Mais c'est une affaire
faite ; j'ai reçu mon congé. Il est inutile
de vous dire avec quel regret on me l'a
donné, et ce que m'a écrit le ministre :
vous recommenceriez vos doléances. Le
prince héréditaire m'a envoyé une grati-

fication de vingt-cinq ducats, qu'il a ac-
compagnés d'un mot dont j'ai été touché
jusqu'aux larmes : ainsi il est inutile que
ma mère m'envoie l'argent que je lui
demandais dans ma dernière.

5 mai.

Je pars demain ; et comme le lieu de
ma naissance n'est éloigné de ma route
que de six milles, je veux le revoir, m'y
rappeler ces anciens jours de bonheur,
ces jours qui ne sont qu'une suite continuelle de songes.

Je veux même y entrer par cette porte
par laquelle ma mère sortit avec moi,
lorsqu'après la mort de mon père elle
quitta ce lieu solitaire, ce séjour tranquille, pour s'enfermer dans votre triste
ville. Adieu, Guillaume, tu entendras
parler de mon expédition.

9 mai.

J'ai fait mon pèlerinage à mon pays
natal avec toute la dévotion d'un pèlerin,
et j'ai éprouvé mille sensations inatten-

dues. Près du grand tilleul, à un quart
de lieue de la ville, sur la route de S...,
je fis arrêter, descendis de voiture et dis
au postillon d'aller en avant, pour che-
miner seul à pied, afin de jouir mieux de
mes souvenirs.

Je m'arrêtai sous ce tilleul, qui avait
été dans mon enfance le but et le terme
de mes promenades. Quel changement !
Alors, dans une heureuse ignorance, je
m'élançais par le désir vers ce monde inconnu où j'espérais trouver pour mon
cœur tous ces trésors de jouissances dont
je sentais si souvent la privation. Maintenant je revenais de ce monde tant désiré... O mon ami, que d'espérances dé-
çues, que de plans renversés !...

J'avais devant les yeux cette chaîne de
montagnes qui avaient été mille fois l'objet de mes désirs. Je pouvais alors rester
là assis des heures entières à les contempler ; mon âme exaltée, franchissant
l'espace, s'égarait à l'ombre de ces forêts
dans ces vallées dont l'aspect riant s'of-
frait à mes yeux dans un lointain vapo-
reux... Mais lorsqu'il me fallait me retirer
à l'heure prescrite, avec quelle répu-

gnance ne quittais-je pas cet endroit charmant ! Je m'approchai davantage de la ville ; je saluai les jardins et les petites maisons que je reconnaissais ; les nouvelles constructions ne me plurent point, non plus que tous les changements qu'on avait essayés pour les autres. J'arrivai à la porte et je me retrouvai tout à fait à l'aise.

Mon ami, je ne puis te fatiguer de détails ; quelque charme qu'eussent pour moi mes réminiscences, le récit en serait monotone. J'avais résolu de me loger sur la place du Marché, tout à côté de notre ancienne maison. En m'y rendant, je remarquai que l'école, où une honnête vieille nous rassemblait dans notre enfance, était remplacée par une boutique d'épicier. Je me rappelai l'inquiétude, les larmes, la mélancolie et les angoisses qui m'avaient jadis accablé dans cette cage.

Chaque pas que je faisais avait un intérêt touchant pour moi. Un pèlerin de Terre-Sainte se retrace moins de religieux souvenirs dans sa mémoire, et son âme est moins remplie...

Un exemple entre mille : Je descendis

... je pouvais rester
là, assis, des heures
entières...

la rivière jusqu'à une certaine métairie
où j'allais fort souvent autrefois, et qui
était un petit endroit où nous nous exer-
cions à faire des ricochets à qui mieux
mieux. Je me rappelle si bien comme je
m'arrêtais quelquefois à regarder couler
l'eau ; avec quelles singulières conjectures
j'en suivais le cours, les idées merveilleuses que je me faisais des régions
qu'elle allait parcourir, comme mon imagination se trouvait bientôt arrêtée, quoique je n'ignorasse pas que cette eau devait aller plus loin, puis plus loin encore,
jusqu'à ce qu'enfin je me perdais dans la
contemplation d'un horizon inaccessible
à la vue. Vois-tu, mon ami, c'étaient là
les limites où s'arrêtaient nos simples,
heureux et vénérés ancêtres. Quand
Ulysse parle de la mer *immense*, de la
terre *infinie*, cela n'est-il pas plus vrai,
plus naturel à l'homme que quand un
écolier se croit aujourd'hui un prodige
de science, lorsqu'il peut répéter après
ses maitres que la terre est *ronde* ?

Je suis maintenant à la maison de
chasse du prince. On peut facilement vivre avec cet homme-ci : c'est la vérité,

la simplicité même. Ce qui me fait de la
peine quelquefois, c'est qu'il parle souvent de choses qu'il ne sait que par oui-
dire ou pour les avoir lues, et toujours
sous le même point de vue qu'on les lui
a présentées.

Je suis fâché aussi qu'il estime plus
mon esprit et mes talents que ce cœur
qui fait toujours mon orgueil et qui est
seul la source de tout, de ma force, de
mon bonheur et de mon infortune. Hélas ! ce que je sais, chacun peut le savoir... Mon cœur n'appartient qu'à moi !

25 mai.

J'avais en tête un projet dont je ne
voulais vous parler qu'après coup ; mais,
puisqu'il a échoué, autant vaut-il vous
le dire. Je voulais aller à la guerre. Cela
m'a tenu longtemps au cœur. C'a été le
principal motif qui m'a engagé à suivre
ici le prince, qui est général dans les ar-
mées de ***. Je lui ai communiqué mon
dessein dans une promenade que nous
venons de faire ; il m'en a détourné, et
il y aurait eu entêtement et caprice de

ma part à ne pas me rendre à ses raisons.

11 juin.

Dis ce que tu voudras, je ne puis rester ici plus longtemps. Qu'y ferais-je ? Je
m'ennuie. Le prince me traite comme son
égal. Fort bien ; mais je ne me sens
point à mon aise. Et dans le fond nous
n'avons rien de commun ensemble. C'est
un homme d'esprit, mais d'un esprit tout
à fait ordinaire ; sa conversation ne m'in-
téresse pas plus que la lecture d'un livre
bien écrit.

Je resterai encore une huitaine de
jours, puis je recommencerai mes courses
vagabondes. Ce que j'ai fait de mieux ici,
ce sont mes dessins. Le prince a le sentiment de l'art, et il sentirait encore davantage, s'il tenait moins aux règles pé-
dantesques et s'il se renfermait moins
dans une terminologie routinière. Maintes
fois je serre les dents d'impatience lorsque mon imagination surexcitée a essayé
de le promener dans les champs de la
nature et de l'art, et qu'il croit faire des

...Le prince a le
sentiment de l'art...

merveilles, s'il peut mal à propos fourrer
dans la conversation quelque terme gla-
cialement technique.

18 juin.

Où je prétends aller ? Je te le dirai en
confidence. Il faut que je passe encore
quinze jours ici. Je me suis imaginé qu'il
me fallait aller voir les mines de *** ;
mais dans le fond il n'en est rien ; je ne
veux que me rapprocher de Lolotte...
voilà tout... Je ne suis pas dupe de mon
cœur... mais je fais ce qu'il veut.

29 juillet.

Non ! C'est bien ! Tout est bien !...
Moi son époux ! O Dieu, toi qui m'as
donné le jour, si tu m'avais destiné cette
félicité, ma vie entière n'eût été qu'une
adoration continuelle ! Je ne veux point
plaider contre toi. Pardonne-moi mes
larmes, pardonne-moi mes vœux inutiles... Elle eût pu être ma femme !...
J'aurais pu serrer dans mes bras la plus
aimable créature qui soit sous le ciel...

Tout mon corps frissonne, Guillaume, lorsque le bras d'Albert entoure sa taille svelte et élégante.

Et cependant le dirai-je? Pourquoi non? Guillaume, elle eût été plus heureuse avec moi qu'avec lui! Non, ce n'est point là l'homme capable de comprendre ce cœur-là! Un certain défaut de sensibilité, un défaut... Prends-le comme tu voudras, leurs cœurs ne sympathisent pas... Oh! mon ami... combien de fois, au milieu d'un passage de quelque livre intéressant, mon cœur et celui de Lolotte ont été d'intelligence! En mille autres occasions, lorsque nos sentiments se développaient sur l'action d'un tiers, ô Guillaume!... Il est vrai qu'il l'aime de toute son âme, et que ne mérite pas un pareil amour?

Un importun m'a interrompu. Mes larmes sont séchées. Je suis distrait. Adieu, cher ami.

4 août.

Je ne suis pas seul à plaindre. Tous les hommes sont trompés dans leurs espérances et dans leurs projets.

J'ai revu ma bonne femme aux tilleuls.
Son aîné courut au-devant de moi ; et
ses cris de joie attirèrent la mère, qui me
parut fort abattue. Ses premiers mots
furent :

« Mon bon monsieur ! Hélas ! mon
Jean est mort. »

C'était le plus jeune de ses garçons. Je
gardais le silence.

« Mon homme, » dit-elle « est revenu de
la Suisse, et n'a rien rapporté : sans l'aide
de braves gens, il aurait été obligé d'aller
mendier. La fièvre l'avait pris en chemin. »

Je ne pus rien lui dire ; je donnai un
peu d'argent au petit ; elle m'offrit quelques pommes que j'acceptai, et je quittai
ce lieu de triste mémoire.

21 août.

Tout change autour de moi avec la rapidité de l'éclair. Quelquefois un rayon
de joie vient m'offrir sa faible et consolante lumière, hélas ! pour un seul instant ! Quand je m'égare ainsi dans mes
rêveries, je ne puis me défendre de cette

pensée : Quoi ! si Albert venait à mourir, tu serais... elle pourrait... Je pour-
suis ma chimère jusqu'à ce qu'elle me
conduise au bord d'un abime, et je recule tout frissonnant.

Quand je sors par la même porte, que
je parcours la même route qui me conduisit pour la première fois en voiture,
pour emmener Lolotte au bal, mon cœur
est oppressé, je sens avec amertume combien j'étais différent de ce que je suis
maintenant. Tout, tout est évanoui. Pas
un seul battement d'artère, pas un vestige
du passé, qui me rappelle le sentiment
que j'éprouvai alors. Telles seraient les
sensations qu'éprouverait l'ombre d'un
prince, qui, ayant laissé à un fils chéri
le superbe palais bâti dans des temps
heureux, le trouverait ou brûlé ou renversé par un puissant voisin.

3 septembre.

Quelquefois je ne puis comprendre
comment un autre peut l'aimer, ose l'aimer, tandis que je la porte dans mon
cœur, qu'elle le remplit tout entier,

quand je ne connais rien, ne fais rien,
ne possède rien qu'elle au monde.

6 septembre.

J'ai eu bien de la peine à me résoudre
à quitter le petit frac bleu que j'avais,
lorsque je dansai pour la première fois
avec Lolotte ; mais il était déjà tout usé.
Aussi m'en suis-je fait faire un autre
tout pareil au premier, avec la veste et la
culotte jaune.

Cela ne me dédommagera pas tout à
fait. Je ne sais. J'espère qu'avec le temps
il me deviendra aussi cher.

15 septembre.

On se donnerait au diable, Guillaume,
quand on voit les chiens maudits que
Dieu souffre sur la terre et qui ne res-
sentent rien de ce qui fait battre le cœur
aux autres hommes.

Tu connais ces noyers sous lesquels je
me suis assis avec Lolotte chez l'honnête
pasteur de S*** ; ces beaux noyers si chers
à mon souvenir. Quel charme ils don-

naient à la cour du presbytère ! Quelle
fraîcheur ! avec quelle douce émotion
l'on remontait en arrière, jusqu'aux res-
pectables pasteurs qui les avaient plantés;
le maître d'école nous a dit bien souvent
le nom de l'un d'eux, qu'il tenait de son
grand-père ; ce doit avoir été un excellent homme, et sa mémoire m'était toujours sacrée, lorsque je me reposais sous
ces arbres. Oui, le maître d'école avait
hier les larmes aux yeux, en nous disant
qu'ils avaient été abattus... Abattus ! j'en-
rage ; et je crois que j'assassinerais le
gredin qui a donné le premier coup de
hache... Mais, je serais un homme à prendre le deuil si j'avais ainsi deux arbres
dans ma cour, et qu'il en pérît un de
vieillesse, faut-il que je sois témoin de
tout cela ? Mon cher ami, quelque chose
me console...

Pauvre humanité ! Tout le village murmure, et j'espère que la femme du pasteur verra, à son beurre, à ses œufs et à
la confiance publique, le mal qu'elle a fait
au village. Car c'est elle, la femme du
nouveau pasteur (notre vieillard est
mort). Un squelette toujours malade, et

qui a grande raison de ne prendre aucun
intérêt au monde, car personne ne s'in-
téresse à elle ; une sotte qui fait la sa-
vante, qui se mêle d'examiner les livres
canoniques, qui travaille à la nouvelle ré-
formation critique et morale du christia-
nisme, et à qui l'enthousiasme de Lavater
fait hausser les épaules ; dont la santé est
délabrée, et qui n'a, en conséquence, aucune joie sur la terre. Aussi il n'y avait
qu'une pareille créature qui pût faire
abattre mes noyers. Vois-tu, je n'en puis
revenir.

Veux-tu connaître ses raisons ?

Les feuilles, en tombant, salissent sa
cour et la rendent humide ; les arbres lui
interceptent le jour, et, quand les noix
sont mûres, les enfants y jettent des
pierres pour les abattre, et cela agace ses
nerfs et la trouble dans ses profondes
méditations, lorsqu'elle pèse et compare
ensemble Kennicott, Somler et Michaëlis.
Lorsque je vis les gens du village, et
surtout les anciens, si mécontents, je leur
dis :

« Pourquoi l'avez-vous souffert ? »

Ils me répondirent : « Eh ! monsieur,

quand le bailli ordonne, que faire ? »

Mais une chose me fait plaisir : le bailli et le pasteur, qui voulait aussi tirer quelque profit des caprices de sa femme, qui ne lui rendent pas sa soupe plus grasse, convinrent de partager entre eux ; mais la chambre des finances intervint, et leur dit : doucement ! et vendit les arbres à l'enchère. Ils sont à bas ! Oh ! si j'étais prince ! comme je traiterais la femme du pasteur, le bailli et la chambre... Prince !... Bah ! si j'étais prince, que me feraient les arbres de mon pays ?

10 octobre.

Voir seulement ses yeux noirs, c'est le bonheur ! Hélas ! ce qui me chagrine, c'est qu'Albert ne paraît pas aussi heureux qu'il... l'espérait.... que... je l'aurais été... si... Je ne coupe pas volontiers mes phrases ; mais ici je ne saurais m'exprimer autrement... Eh ! mon Dieu ! je parle assez clair, ce me semble.

12 octobre.

Ossian a pris dans mon cœur la place

21

d'Homère. Quel monde que celui où me
conduit ce barde sublime !

Errer dans les bruyères, enveloppé
d'impétueux tourbillons qui amènent sur
des nuages les esprits de ses pères qu'on
entrevoit à la faible clarté de la lune ;
entendre du haut des montagnes les gémissements que poussent les esprits du
fond de leurs cavernes, et qui se mêlent
aux rugissements du torrent, et les lamentations de la jeune fille morte dans
les angoisses, auprès des quatre pierres
couvertes de mousse et à demi cachées
sous l'herbe, monument de la chute glo-
rieuse de son bien-aimé !

Je le rencontre ce barde à cheveux
blancs, errant, cherchant sur la vaste
étendue de la plaine les traces de ses pères et ne trouvant, hélas ! que les pierres
de leurs tombeaux ; lorsqu'il tourne en
gémissant ses yeux vers l'étoile du soir,
qu se cache au sein des vagues de a
mer agitée, et que l'âme de ce héros sent
revivre l'idée de ces temps où les rayons
propices de cet astre bienfaisant éclai-
raient encore les périls des vaillants, et
où la lune prêtait sa lumière argentée à

leur vaisseau chargé des palmes de la
victoire : je lis sur son front sa profonde
douleur ; je vois ce héros, le dernier de
sa race, chanceler dans le plus triste
abattement vers la tombe ; la faible présence des ombres de ses pères est pour
lui une source où il puise sans cesse la
joie la plus douloureuse et la plus ravissante ; il fixe la terre froide et l'herbe
qui la couvre, et s'écrie :

« Le voyageur, qui m'a connu dans ma
beauté, viendra ; il viendra et demandera
où est le barde, où est le noble fils de
Fingal ? Son pied foule en passant ma
sépulture, et il me demande en vain sur
la terre. »

Oh ! mon ami, je serais homme à arracher l'épée de quelque brave guerrier, à
délivrer tout d'un coup mon prince du
tourment d'une vie qui n'est qu'une mort
lente, et à envoyer mon âme rejoindre ce
demi-dieu mis en liberté.

19 octobre.

Hélas ! ce vide, ce vide affreux que je
sens dans mon sein ! Je pense souvent!...

Si tu pouvais une fois, une seule fois, la
presser contre ton cœur, tu serais guéri.

26 octobre.

Oui, mon ami, je me confirme de plus
en plus dans l'idée que c'est peu de
chose, bien peu de chose, que l'existence
d'une créature.

Une amie de Lolotte est venue la voir;
je suis entré dans la chambre voisine
pour prendre un livre, je n'ai pu lire et
j'ai pris la plume. J'ai entendu qu'elles
parlaient bas : elles se contaient l'une à
l'autre des choses assez indifférentes, des
nouvelles de la ville : celle-ci était ma-
riée, celle-là malade, fort malade. « Elle
a une toux sèche, » disait l'une, « des
joues enfoncées, et il lui prend des fai-
blesses ; elle n'en reviendra pas.

— M. N. N. n'est pas en meilleur
état, » disait Lolotte.

« Il est déjà enflé, » reprenait l'autre. Et mon imagination me transporte
au pied du lit de ces malheureux ; je
vois avec quelle répugnance ils tournent
le dos à la vie, comme ils... Guillaume,

ces bonnes petites femmes parlaient de
tout cela comme on parle d'ordinaire de
la mort d'un étranger... Quand je regarde
autour de moi, que j'examine la chambre,
et que je vois partout des robes de Lolotte, ici ses boucles d'oreille sur une petite table, là les papiers d'Albert, tous ses
meubles enfin qui me sont si familiers,
l'écritoire même dont je me sers, et que
je me dis en moi-même : « Vois ce que
tu es à cette maison ! Tous tes amis t'es-
timent, tu fais souvent leur joie, et il
semble à ton cœur qu'il ne pourrait exis-
ter sans eux ; et cependant... Si tu par-
tais maintenant, si tu t'éloignais de ce
cercle, sentiraient-ils, combien de temps
sentiraient-ils le vide que ta perte lais-
serait dans leur existence ? Combien de
temps... »

Hélas ! telle est la fragilité de l'homme,
que là même où il sent le plus l'énergie
de l'impression que laisse sa présence
dans la mémoire, dans l'âme de ses
amis, il doit s'effacer et disparaître ; et
cela... si vite !...

27 octobre.

Je me déchirerais le sein, je me brûlerais la cervelle, quand je vois combien il est difficile de communiquer aux autres nos idées, nos sensations, de les associer à nous d'une manière intime. Hélas ! un autre ne me donnera jamais l'amour, la joie, la chaleur et la volupté, que je n'ai pas par moi-même, et avec un cœur pénétré du sentiment le plus vif, je ne ferai point le bonheur de celui qui est devant moi, sans chaleur, sans force et sans consolation.

30 octobre.

N'ai-je pas été cent fois sur le point de la serrer dans mes bras !... Dieu sait ce qu'il en coûte de voir tant de charmes passer et repasser devant vous, sans que vous osiez y porter la main. Et cependant le penchant naturel de l'humanité nous pousse à prendre. Les enfants ne tâchent-ils pas de saisir tout ce qu'ils aperçoivent ? Et moi !...

3 novembre.

Combien de fois, en me mettant au lit, n'ai-je pas souhaité, n'ai-je pas espéré même de ne plus m'éveiller ; et le matin j'ouvre les yeux, je revois le soleil, et je suis malheureux !

Oh ! que ne suis-je hypocondre, que ne puis-je m'en prendre au mauvais temps, à un tiers, à une entreprise manquée ! Alors le poids accablant de mon chagrin ne pèserait pas tout entier sur moi.

Malheur à moi ! oui, je ne le sens que trop : toute la faute en est à moi seul... Non pas la faute ! Je sais que je porte cachée dans mon sein la source de toutes les tortures, comme j'y portais autrefois la source de toutes les béatitudes. Ne suis-je donc plus ce même homme qui naguère voyait naître un paradis à chaque pas, et dont le cœur ardent pouvait embrasser dans son amour tout un monde ?

Et maintenant ce cœur est mort, mes yeux sont secs, et mes sens, qui ne sont plus réjouis par la rosée de mes larmes, sont secs aussi, et leurs souffrances sil-

lonnent mon front des rides de la douleur. Je souffre beaucoup ; ce qui faisait
la joie, le bonheur de ma vie, cette force
divine et vivifiante qui créait des mondes
autour de moi, elle est passée!...

Lorsque de ma fenêtre je regarde au
loin la colline, que je vois le soleil per-
çant le brouillard, la dorer de ses rayons
et éclairer les verdoyantes prairies, tandis
que la rivière coule vers moi en serpen-
tant à travers les saules dépouillés de
leurs feuilles ; lorsque je vois cette nature splendide ne m'offrir qu'une glaciale
et vulgaire image ; que toute mon imagination ne peut plus puiser dans mon
cœur une seule goutte de félicité, l'homme
tout entier repose devant Dieu comme
une source tarie. Combien de fois ne me
suis-je pas prosterné à terre, pour demander au Seigneur des larmes, comme
un laboureur demande de la pluie, lorsqu'il voit sur sa tête un ciel d'airain, et
que la terre se consume de soif autour
de lui !

Mais, je le sens ! Dieu n'accorde point
la pluie et le beau temps à d'importunes
prières ; et ces temps, dont le souvenir

me tourmente, pourquoi étaient-ils si heureux ! C'est qu'alors j'attendais avec patience les bienfaits du Créateur, et que je recevais la joie qu'il versait sur moi avec un cœur pénétré et reconnaissant.

8 novembre.

Elle m'a reproché mes excès, hélas ! avec tant d'intérêt et d'un ton si doux ! Pour m'étourdir, mon ami, depuis quelque temps, d'un verre de vin, je me laisse quelquefois entraîner à boire la bouteille. « Évitez cela, » me disait-elle, « pensez à Lolotte !

— Penser ! Avez-vous besoin de me l'ordonner ? J'y pense ! Mais non, je n'y pense point !... Toujours vous êtes présente à mes yeux, toujours vous êtes dans mon cœur. Ce matin encore, j'étais assis à l'endroit même où vous descendîtes dernièrement de voiture... »

Elle s'est mise à parler d'autre chose... Je ne suis plus mon maître, cher ami ! Elle fait de moi tout ce qu'elle veut.

22

15 novembre.

Je te remercie, Guillaume, du tendre
intérêt que tu prends à moi, des bons con-
seils que tu me donnes, mais je te prie
de rester tranquille. Laisse-moi supporter
toute la crise ; malgré l'abattement qui
me dévore, j'ai encore assez de force
pour aller jusqu'au bout. Je respecte la
religion, tu le sais ; je sens que c'est un
bâton pour celui qui tombe de lassitude,
un rafraîchissement pour celui que la soif
consume. Seulement... peut-elle, doit-elle
faire cette impression sur tous les hommes ? Considère ce vaste univers : tu
verras des millions de peuples pour lesquels elle n'a point existé, et des millions
pour qui, annoncée ou non, elle n'exis-
tera jamais.

Le Fils de Dieu ne dit-il pas lui-même :
*Ceux que mon Père m'a donnés seront avec
moi ?* Si donc je ne lui ai pas été donné !
Si le Père veut me garder pour lui,
comme mon cœur me le dit !

De grâce, ne va pas donner à cela une
fausse interprétation, et trouver un sens
ironique dans mes paroles ; c'est mon

âme tout entière que j'expose devant toi ;
sans cela j'aimerais mieux me taire : je
n'aime point à raisonner en vain sur des
choses que nous ignorons également. Et
n'est-ce pas le sort de l'homme d'accom-
plir sa mesure de souffrances et de boire
sa coupe tout entière ? Et si le Dieu du
ciel, portant le calice à ses lèvres humai-
nes, le trouva trop amer, pourquoi vou-
drais-je affecter plus de courage et fein-
dre, dans un fol orgueil, de le trouver
doux ? Et pourquoi rougirais-je de trembler à l'instant terrible où toute mon
âme frémissante sera suspendue entre
l'existence et le néant, où le passé brille
comme un éclair sur le sombre abime de
l'avenir, où tout ce qui m'environne
s'écroule, où le monde périt avec moi ?...
Voici la voix de la créature accablée,
défaillante, s'abimant sans ressource, au
milieu des vains efforts qu'elle fait pour
exprimer son désespoir : *Mon Dieu !
mon Dieu ; pourquoi m'avez-vous abandonné ?*
Pourrais-je rougir d'employer cette expression ? Pourrais-je redouter ce moment,
quand celui dont la main fait rouler les
cieux n'a pu l'éviter ?

21 novembre.

Elle ne voit pas, elle ne sent pas
qu'elle prépare le poison qui nous fera
périr tous les deux. Et moi j'avale à longs
traits ce poison mortel qu'elle me présente. Que veulent dire ces regards de
bonté qu'elle jette sur moi ?... Souvent,
non, mais quelquefois... Cette complaisance pour les traits de sentiment qui
m'échappent ; cette compassion à mes
souffrances qui se peint sur son front ?

Comme je me retirais hier, elle me
tendit la main et me dit : « Adieu, cher
Werther. » Cher Werther ! C'était la
première fois qu'elle m'a donné ce nom
de *cher*, et la joie que j'en ressentis a
pénétré jusque dans mes os. Je l'ai répété
cent fois ; et ce soir, lorsque je voulus
me mettre au lit, en babillant tout seul,
je me dis tout à coup : « Bonne nuit,
cher Werther. » Et j'ai été obligé de rire
de moi-même.

24 novembre.

Elle sent ce que je souffre. Son regard

a pénétré aujourd'hui jusqu'au fond de
mon cœur. Je l'ai trouvée seule. Je ne
disais rien, et elle me regardait fixement.
Je ne voyais plus en elle cette beauté
touchante, ces éclairs de génie ; tout
cela était évanoui à mes yeux. Un regard
plus puissant agissait sur moi, regard
plein de l'expression du plus tendre intérêt, de la plus douce pitié.

Pourquoi n'ai-je pas osé me jeter à ses
pieds ! Pourquoi n'ai-je pas osé passer
mes bras autour de son cou, et lui répondre par mille baisers !.... Elle a eu
recours à son clavecin, et s'est accom-
pagnée en chantant à demi-voix des airs
harmonieux, mais cette fois était si
douce !

Jamais ses lèvres ne m'ont paru si ra-
vissantes : on eût dit qu'elles s'entr'ou-
vraient pour recevoir les sons mélodieux
à mesure qu'ils naissaient de l'instrument.
et que sa bouche charmante n'en était
que l'écho. Ah ! si je pouvais exprimer
de telles sensations ! Je n'ai pu y tenir
plus longtemps, je me suis incliné, et j'ai
prononcé ce serment : « Lèvres ravissan-
tes sur lesquelles voltigent les esprits

célestes, non, jamais je n'oserai. vous profaner... » Et... je voudrais... cependant... Hélas ! c'est comme un mur de séparation qui s'est élevé devant mon âme. Goûter cette félicité et mourir, et expier mes péchés... mes péchés ?...

30 novembre.

Non, jamais, jamais je ne pourrai revenir à moi ; partout où je vais, je rencontre quelque apparition qui me met hors de moi-même. Aujourd'hui encore !... ô destin ! ô humanité!

Je suis allé me promener au bord de la rivière à l'heure du repas ; je n'avais point d'appétit. La campagne était sombre et déserte, un vent d'ouest froid et humide soufflait de la montagne, et des nuages gris et pluvieux couvraient la vallée. J'ai vu de loin un homme vêtu d'un méchant justaucorps vert, qui marchait courbé entre les rochers, et paraissait chercher des simples... Au bruit de mes pas, il s'est retourné, et j'ai vu une physionomie intéressante sur laquelle se peignait une morne tristesse, mais qui

pourtant n'annonçait rien qu'une âme
droite et honnête. Ses beaux cheveux
noirs étaient relevés en deux boucles,
avec des épingles, et ceux de derrière
formaient une tresse fort épaisse qui des-
cendait sur ses épaules. Comme son ha-
billement annonçait un homme du peuple,
j'ai cru qu'il ne prendrait pas en mauvaise part que je fisse attention à ce qu'il
faisait, et en conséquence je lui ai demandé ce qu'il cherchait. « Je cherche
des fleurs, » a-t-il répondu avec un pro-
fond soupir, « je cherche des fleurs et je
n'en trouve point.

— Mais ce n'est pas la saison, » lui
ai-je dit en riant.

« Il y a tant de fleurs ; j'ai dans mon
jardin des roses et du chèvrefeuille de
deux espèces. L'une m'a été donnée par
mon père ; elle poussait comme de
l'ivraie ; voilà déjà deux jours que je les
cherche sans pouvoir les trouver. Il y a
aussi des fleurs, des jaunes, des bleues
et des rouges, et cette centaurée a aussi
une jolie petite fleur. Je n'en puis trouver
aucune. »

Je remarquai en lui un certain air

hagard ; et je lui ai demandé ce qu'il voulait faire de ces fleurs. Un sourire mystérieux a contracté ses traits.

« Si vous voulez ne point me trahir, » a-t-il dit en mettant un doigt sur sa bouche, « je vous dirai que j'ai promis un bouquet à ma belle.

— C'est fort bien.

— Ah ! elle a bien d'autres choses ; elle est riche.

— Et pourtant elle aime vos bouquets ?

— Oh ! elle a des bijoux et une couronne.

— Qui est-elle donc ?

— Si les Etats généraux voulaient me payer, je serais un tout autre homme ! Ah ! il fut un temps où j'étais si heureux ! Aujourd'hui tout est fini pour moi, je suis... »

Il a levé vers le ciel un œil humide. »

Vous étiez donc heureux ?

— Ah ! je voudrais bien l'être encore de même ! J'étais si gai, et content comme le poisson dans l'eau.

— Henri ! » a crié une vieille femme qui venait sur le chemin. « Henri ! où es-tu fourré ? Nous t'avons cherché partout. Viens dîner.

— Est-ce là votre fils ? » lui ai-je demandé en m'approchant d'elle.

« Oui, c'est mon pauvre fils, » a-t-elle répondu. « Dieu m'a donné une croix bien lourde à porter.

— Y a-t-il longtemps qu'il est dans cet état ?

— Il n'y a que six mois qu'il est aussi tranquille. Je rends grâces à Dieu que cela n'ait pas été plus loin. Il a été toute une année furieux et enchaîné dans l'hôpital des fous. A présent il ne fait de mal à personne. Seulement il ne parle que de rois et d'empereurs. C'était un enfant doux et tranquille, qui m'aidait à me nourrir, et qui avait une fort belle main. Tout d'un coup il devint rêveur, tomba malade d'une fièvre chaude, le délire le prit, et maintenant il est dans l'état où vous le voyez. S'il fallait vous raconter, monsieur... »

J'arrêtai net le torrent de sa narration, en lui demandant quel était ce temps où il se vantait d'avoir été si heureux.

« Le pauvre fou, » m'a-t-elle dit avec

23

un sourire de pitié, « veut parler du
temps où il avait perdu l'esprit ; il ne
cesse de le regretter : c'est le temps de
sa captivité où il n'avait plus connaissance
de lui-même. » Ce fut pour moi comme
un coup de foudre. Je lui mis une pièce
d'argent dans la main, et me suis éloigné
d'elle à grands pas.

« Tu étais heureux, » me suis-je écrié
en marchant précipitamment vers la ville,
« tu étais content comme le poisson dans
l'eau ! Dieu du ciel ! est-ce donc là le
destin de l'homme ! n'est-il heureux
qu'avant de posséder la raison, et après
l'avoir perdue ! Misérable ! Et cependant
j'envie ta folie, j'envie le désordre de tes
sens ! Tu vas, plein d'espérance, cueillir
des fleurs à ta souveraine... au milieu de
l'hiver... et tu t'affliges de n'en point
trouver, et tu ne comprends pas pourquoi
tu n'en trouves point. Et moi... et moi je
marche sans espérance et sans but, et je
rentre au logis comme j'en suis sorti...
Tu rêves que tu serais un homme d'importance si les Etats généraux voulaient te
payer. Heureuse créature qui peux attribuer la privation de ton bonheur à un

obstacle terrestre !... Tu ne sens pas que
ta misère est dans le trouble de ton cœur,
dans ton cerveau détraqué, et que tous
les rois de la terre ne sauraient te délivrer. »

Qu'il meure désespéré celui qui rit
d'un malade qui fait un long voyage pour
aller chercher à des sources minérales
éloignées un accroissement de maux et
une mort plus douloureuse ; ou qui s'élève
au-dessus de cet homme dont le cœur est
oppressé par des remords et qui, pour
s'en délivrer et mettre fin aux souffrances
de son âme, fait un pèlerinage en Terre-
Sainte ! Chaque pas fait par lui sur l'aride
chemin est une goutte de baume pour
son âme agitée, et, après chaque jour de
marche, il se couche le cœur soulagé
d'une partie du fardeau qui l'accable...

Osez appeler cela rêveries, vous qui
montez sur des échasses pour y prononcer
de grands mots ! Rêveries !... O Dieu !
tu vois mes larmes... Fallait-il, après
avoir créé l'homme si pauvre, lui donner
des frères qui le persécutent, veulent le
priver, dans sa pauvreté, de toute consolation et lui enlever le peu de confiance

qu'il a en toi, en toi qui es tout amour!
En effet, sa confiance en une racine sa-
lutaire, dans les pleurs de la vigne,
qu'est-ce? sinon la confiance en toi, qui
as mis autour de nous la guérison ou le
soulagement..... O Père que je ne connais pas, Père qui remplissais autrefois
mon âme tout entière, et qui maintenant
détourne de moi ta face! appelle-moi,
parle à mon cœur! mon âme altérée veut
t'entendre.....

Quel est l'homme, quel est le père qui
pourrait s'irriter de voir son fils, qu'il
n'attendait pas, lui sauter au cou, en
s'écriant : « Me voici, mon père. Pardonne-moi si j'ai abrégé mon voyage, si
je suis de retour avant le terme que tu
m'avais prescrit. Le monde est partout le
même : partout peine et travail, récompense et plaisir ; mais que me faisait
tout cela! Je ne suis bien qu'auprès de
toi ; je veux souffrir et jouir en ta présence... Et toi, Père céleste et chéri,
pourrais-tu repousser ton fils ?

1er décembre.

Guillaume ! Cet homme que je t'ai dépeint, cet heureux infortuné était commis chez le père de Lolotte, et une malheureuse passion qu'il conçut pour elle, qu'il nourrit en secret, qu'il lui découvrit enfin, et qui le fit renvoyer de sa place, l'a rendu fou. Juge quelle impression ont faite sur moi ces mots pleins de sécheresse, quelle fureur a excitée en moi cette histoire, lorsqu'Albert me l'a contée avec autant de sang-froid que tu la lis peut-être.

4 décembre.

Vois-tu, ami, c'est fait de moi... Je ne puis supporter tout cela plus longtemps.

J'étais assis aujourd'hui auprès d'elle... J'étais assis, elle jouait différents airs sur son clavecin, avec toute l'expression, tout ! tout !...

Que dirai-je ?... sa petite sœur ajustait sa poupée sur mes genoux. Des larmes me sont venues aux yeux. Je me suis baissé et j'ai aperçu son anneau de mariage, mes pleurs ont coulé...

Tout à coup elle s'est mise à jouer cet
air ancien dont la douceur a quelque
chose de céleste ; et j'ai senti mon âme
consolée au souvenir de tout le passé, de
tous les moments où j'avais entendu le
même air, de toutes mes douleurs, de
toutes mes espérances trompées, et alors...
je me suis mis à marcher à grands pas
dans la chambre.

J'étouffais. « Au nom de Dieu, » lui
ai-je dit avec angoisse, « au nom de Dieu,
finissez. »

Elle s'est arrêtée et m'a regardé attenti-
vement.

« Werther, » m'a-t-elle dit avec un
sourire qui a pénétré mon âme, « Werther,
vous êtes bien malade ; vos mets favoris
vous répugnent. Allez ! de grâce, allez
vous reposer. »

Je me suis arraché d'auprès d'elle,
et... Dieu ! tu vois ma misère, tu y
mettras fin.

6 décembre.

Comme son image me poursuit ! Que
je veille ou que je rêve, elle remplit toute

mon âme. Là, quand je ferme les yeux,
là dans mon front, où se réunit la force
visuelle, je trouve ses yeux noirs. Là ! Je
ne puis te l'exprimer... Je n'ai qu'à fer-
mer les yeux, les siens sont là, devant
moi, comme une mer, comme un abîme ;
ils font vibrer toutes les fibres de mon
cerveau.

Qu'est-ce que l'homme ? ce demi-dieu
si vanté ! Ses forces ne lui manquent-
elles pas au moment même où il en a le
plus grand besoin ? Et lorsqu'il nage
dans la joie, ou qu'il plie sous le poids
de la douleur, ne se sent-il pas arrêté
dans deux extrêmes ? ne se voit-il pas
froidement rappeler au sentiment de son
existence décolorée, quand il aspirait à
se perdre dans l'océan de l'infini ?

8 décembre.

Cher Guillaume, je suis dans l'état de
ces malheureux qu'on croyait obsédés
par le démon. Cela me prend bien souvent. Ce n'est point angoisse, ce n'est
point désir. C'est une rage intérieure et
inconnue, qui menace de déchirer mon

sein, qui me serre la gorge ! Malheur à
moi ! malheur à moi ! Je cours errer
alors au milieu des scènes nocturnes et
lugubres qu'étale à nos yeux cette saison
ennemie des hommes.

Hier au soir encore, je fus obligé de
sortir de la ville. On m'avait dit que la
rivière et tous les ruisseaux des environs
s'étaient débordés, et que depuis Wahlheim toute ma chère vallée était inon-
dée..... J'y courus à onze heures... Quel
effrayant spectacle ! Voir les ravines sa-
blonneuses rouler au clair de la lune du
haut du rocher sur les champs, les prés,
les haies, et tout ; la vallée couverte dans
toute son étendue d'une mer orageuse,
soulevée par la bruyante haleine des
vents. Et quand la lune reparut, elle se
reposa sur un noir nuage : les torrents
roulaient avec fracas en réfléchissant son
image imposante et majestueuse, le vent
faisait mugir les ondes, et les échos ré-
pétaient leurs mugissements.

Alors je me sentis saisi d'horreur ; puis
bientôt un désir !... Hélas ! je me tenais
debout, les bras étendus devant l'abime,
et je respirais en regardant en bas ! en

bas, et je me perdais dans la joie indicible que j'aurais eue à me précipiter
pour terminer mes tourments et mes
souffrances, à m'élancer, à bruire comme
les flots. Quoi ! tu n'eus pas la force de
détacher tes pieds de la terre, et de terminer ainsi tes maux !... Mon heure n'est
pas encore venue... Je le sens ! O Guillaume, avec quel plaisir n'aurais-je pas
changé de nature pour m'élancer avec les
tourbillons, déchirer les nuées et tourmenter les flots ! Hélas ! prisonniers que
nous sommes, ce plaisir sera-t-il jamais
notre partage ?

Et comme j'abaissais tristement mes
regards sur une petite place où je m'étais
reposé sous un saule à côté de Lolotte,
après une promenade d'été, je vis qu'il
était aussi inondé et je pus à peine en-
trevoir le saule ! Ah ! pensai-je, la prairie,
le terrain autour de la maison de chasse,
nos bosquets, tout est ravagé par le torrent, sans doute. Et le rayon du passé
brilla dans mon âme... comme un pri-
sonnier qui rêve de troupeaux, de prairies, de dignités. Je m'arrêtai... Je ne
m'en fais point de reproches, car j'ai le

courage de mourir... J'aurais... Me voici
maintenant comme une vieille femme qui
ramasse du bois le long des haies, et qui
mendie son pain de porte en porte, pour
adoucir et prolonger encore un moment
sa triste et défaillante existence.

17 décembre.

Qu'est-ce donc, mon cher ami ? je suis
effrayé de moi-même. L'amour que j'ai
pour elle n'est-il pas le plus sacré, le
plus pur, le plus fraternel ? Ai-je jamais
senti dans mon âme un désir coupable !...
Je ne veux point jurer... Et maintenant
des songes !... Oh ! que ceux-là avaient
bien raison, qui attribuaient ces effets
opposés à des forces étrangères ! Cette
nuit ! je tremble de te le dire, cette nuit,
je la tenais dans mes bras étroitement
serrée contre mon sein, et je couvrais
sa belle bouche, ses lèvres tremblantes,
d'un million de baisers enflammés. La
volupté se peignait dans ses yeux, les
miens partageaient leur ivresse. Grand
Dieu ! serais-je coupable de sentir, en ce
moment encore, du bonheur à me rappe-

....

ler ces transports ? Oh ! Lolotte ! Lolotte !... C'est fait de moi ! Mes sens
s'égarent, depuis huit jours je ne suis
plus à moi, mes yeux sont remplis de
larmes. Je ne suis bien nulle part, et je
suis bien partout. Je ne demande rien,
ne désire rien. Ah ! je ferais mieux de
partir.

. . . .

Pour donner une relation suivie des
derniers jours de notre ami, je me trouve
obligé d'interrompre le cours de ses
lettres par un récit dont Lolotte, Albert,
son propre domestique, et quelques
autres témoins m'ont fourni les détails.

La passion de Werther avait insensiblement altéré l'harmonie qui régnait
entre les deux époux. Albert aimait sa
femme avec la fidélité tranquille d'un
honnête homme ; mais son affection
s'était subordonnée par degrés à ses

affaires. A la vérité, il ne voulait pas
s'avouer cette différence entre les jours
de l'amant et ceux de l'époux, mais il
sentait en lui-même un certain mécontentement des attentions marquées de
Werther pour Lolotte, attentions qui
devaient en effet lui paraître un empié-
tement sur ses droits, et une sorte de
reproche tacite. Ce sentiment augmentait
la mauvaise humeur que lui causaient
souvent la multiplicité, l'embarras de ses
affaires, ainsi que le peu de fruit qu'il en
tirait ; et comme la situation de Werther
en faisait un assez triste compagnon,
depuis que les tourments de son cœur
avaient épuisé les forces de son esprit,
sa vivacité, sa pénétration, Lolotte ne
pouvait manquer d'être attaquée de la
même maladie ; elle tomba dans une
espèce de mélancolie ; Albert crut y
découvrir une passion naissante pour son
amant, et Werther une profonde douleur
du changement qu'elle remarquait dans la
conduite de son mari.

La défiance qui régnait entre les deux
amis leur rendait réciproquement leur
présence pénible. Albert évitait d'entrer

dans la chambre de sa femme lorsque Werther était avec elle, et celui-ci, qui s'en était aperçu, après de vains efforts pour cesser de voir Lolotte, saisissait l'occasion d'y retourner aux heures où son mari était retenu par ses affaires. De là, nouveau sujet de mécontentement et d'aigreur, et enfin Albert dit à sa femme, en termes assez secs, qu'elle devrait, ne fût-ce que pour le monde, donner une autre tournure à ses relations avec Werther, et ne pas le recevoir aussi fréquemment.

A peu près dans ce même temps, la résolution de sortir de ce monde s'était gravée plus profondément dans l'âme du malheureux jeune homme. C'était l'idée favorite dont il s'était toujours entretenu, surtout depuis qu'il s'était rapproché de Lolotte ; mais ce ne devait pas être une action précipitée et inconsidérée : c'était un pas qu'il voulait faire, armé à la fois de résolution et de calme stoïque.

On entrevoit ses doutes, son combat avec lui-même, dans un petit billet qui est vraisemblablement le commencement d'une lettre à Guillaume, et qui a été trouvé sans date parmi ses papiers.

« Sa présence, sa destinée, l'intérêt qu'elle prend à la mienne, font jaillir encore les dernières larmes de mon cerveau en feu.

» On lève le rideau, on passe de l'autre côté, voilà tout ! Pourquoi donc balancer, pourquoi trembler ? Est-ce parce qu'on ignore ce qu'il y a là derrière ?... Parce qu'on n'en revient point... et que notre esprit est porté à ne voir que confusion et ténèbres dans un état dont nous ne savons rien de certain. »

Il ne pouvait oublier la mortification qu'il avait essuyée lorsqu'il était secrétaire d'ambassade. S'il lui arrivait d'en parler, ce qui était rare, on voyait aisément qu'il regardait son honneur comme souillé d'une tache ineffaçable, et que cette aventure lui avait inspiré de l'aversion pour toutes les affaires et les occupations politiques. Il se livra donc tout entier à cette manière singulière de sentir et de penser, que nous voyons dans ses lettres, et à une passion sans bornes, qui détruisit encore ce qui lui restait de force et d'activité. Le commerce toujours uniforme, toujours triste qu'il entretenait avec la femme la plus aimable et la plus aimée, dont il troublait le repos, l'agitation tumultueuse de ses facultés désormais sans but, le poussèrent enfin à terminer ses jours.

20 décembre.

« Il faut que je parte ; je te remercie, Guillaume, ton amitié t'a fort à propos fait trouver le mot. Oui, tu as raison, il vaut mieux que je parte. La proposition que tu me fais de retourner vers vous n'est pas tout à fait de mon goût, du moins, ferais-je volontiers un détour, surtout à cause de la gelée continuelle, et du beau chemin que nous pouvons espérer. Je suis charmé que tu veuilles bien venir me chercher ; accorde-moi encore quinze jours, et attends une seconde lettre. Il ne faut pas cueillir le fruit avant qu'il soit mûr, et quinze jours de plus ou de moins font beaucoup.

» Quant à ma mère, dis-lui qu'elle prie pour son fils, et que je lui demande pardon de tous les chagrins que je lui ai causés. C'était ma destinée de faire le tourment des personnes dont je devais faire la joie. Adieu, mon cher ami. Que le ciel répande sur toi toutes ses bénédictions ! Adieu ! »

Ce même jour, qui était le dimanche avant Noel, Werther alla voir Lolotte sur le soir, et il la trouva seule. Elle était occupée à mettre en ordre quelques jouets qu'elle destinait à ses frères et sœurs pour présent de Noel. Il parla du plaisir qu'auraient les enfants, et des temps où l'ouverture inattendue de la porte et l'apparition subite de l'arbre, orné de cierges, de sucreries et de pommes, causaient des transports joyeux. « Vous aurez aussi votre présent, » lui dit Lolotte en cachant son embarras sous un aimable sourire, « vous aurez, si vous êtes sage, une bougie roulée et encore quelque chose.

— Qu'entendez-vous par être sage ? » s'écria-t-il, « comment dois-je l'être, comment puis-je l'être, ma chère Lolotte ?

— C'est, » dit-elle, « jeudi soir la veille de Noël ; les enfants viendront, ainsi que mon père, et chacun aura un cadeau. Vous viendrez aussi... mais pas plus tôt. »

Werther fut vivement frappé.

« Je vous en prie, » continua-t-elle, « il le faut ; je vous en prie au nom de mon repos... cela ne peut pas durer ainsi ! »

Il détourna les yeux, parcourant la chambre à grands pas en murmurant entre ses dents : « Cela ne peut pas durer ainsi ! »

Lolotte, voyant l'état affreux où ces mots l'avaient plongé, tâcha, mais en vain, par mille questions différentes, de faire diversion à ses idées. «

Non, Lolotte, » s'écria-t-il, « je ne vous reverrai plus !

— Pourquoi cela, Werther ? Vous pouvez nous revoir, vous le devez même ; modérez-vous seulement. Oh ! pourquoi faut-il que vous soyez né avec cette passion excessive et indomptable qui vous attache invinciblement à tout ce dont vous êtes une fois frappé ! De grâce, »

25

continua-t-elle en lui prenant la main, « modérez-vous. Quelle variété de plaisirs ne vous promettent pas votre esprit, votre savoir, vos talents ? Soyez homme, défaites-vous de ce funeste attachement pour une pauvre femme qui ne peut que vous plaindre. »

Il frémit en la regardant d'un air sombre. Elle retenait sa main.

« Un moment de sang-froid, » lui dit-elle, « Werther ! Ne sentez-vous pas que vous vous trompez, que vous vous perdez volontairement ? Pourquoi m'aimer, moi ? Werther ! moi ! qui appartiens à un autre ! C'est justement cela ! Je crains, je crains que ce ne soit cette impossibilité de me posséder, qui donne tant d'attrait à vos désirs. »

Il retira sa main de celle de Lolotte, en la regardant d'un air morne.

« Sage ! » dit-il, « très sage ! Albert aurait-il par hasard fait cette remarque ? Elle est profonde, très profonde !

— Chacun peut la faire, » répondit-elle. « Eh quoi ! n'y aurait-il pas au monde une femme libre et digne de remplir les désirs de votre cœur ? Prenez

cela sur vous, cherchez-la, et je vous
jure que vous la trouverez. Depuis longtemps un voyage peut et doit vous dis-
traire. Je redoute, pour vous et pour
nous, le cercle étroit dans lequel vous
vous êtes renfermé. Faites un effort sur
vous-même : cherchez, trouvez un objet
digne de toute votre tendresse ; puis
revenez ici goûter avec nous les délices
d'une amitié parfaite.

— On pourrait faire imprimer cela, »
dit-il avec un sourire amer, « pour l'ins-
truction des pédagogues. Chère Lolotte,
laissez-moi encore un peu de tranquillité,
et tout ira bien.

— Accordez-moi seulement une chose,
Werther ! c'est de ne point venir avant la
veille de Noël. »

Il allait répondre, lorsque Albert entra.
Ils se souhaitèrent le bonsoir avec un
froid de glace, et se mirent à marcher
l'un à côté de l'autre d'un air embarrassé.
Werther commença un discours qui ne
signifiait rien et qu'il termina bientôt.
Albert, de son côté, demanda compte
à sa femme des quelques commissions
dont il l'avait chargée ; et ne les trouvant

pas encore faites, il lui lâcha quelques
mots assez piquants, qui atteignirent Werther au cœur. Il voulait se retirer, il
n'en eut pas la force ; il hésita ainsi
jusqu'à huit heures, et pendant tout ce
temps-là leur tristesse et la mauvaise
humeur où ils étaient l'un contre l'autre
s'aigrirent de plus en plus ; enfin, on
dressa la table, alors Werther prit sa
canne et son chapeau, et Albert, en le
reconduisant, lui demanda d'un ton assez
sec s'il ne voulait pas rester à souper.

Il retourna chez lui, prit la lumière des
mains de son domestique, monta seul,
dans sa chambre. On l'entendit pleurer,
gémir, se parler à lui-même avec emportement, puis marcher quelque temps à
grands pas. Il se jeta tout habillé sur son
lit, où le trouva son domestique qui prit
sur lui d'entrer sur les onze heures, pour
lui demander s'il ne voulait pas qu'il lui
tirât ses bottes. Il se laissa faire et lui
défendit d'entrer dans la chambre avant
qu'il ne l'appelât.

Le lundi matin 21 décembre, il écrivit
la lettre suivante, qu'on trouva après sa

mort, toute cachetée, sur son bureau, et qu'on remit à Lolotte.

En voici le premier fragment :

« C'est une chose résolue. Lolotte, je veux mourir, je te l'écris de sang-froid, sans être transporté d'une fureur romanesque, le matin du jour où je te verrai pour la dernière fois. A l'instant où tu liras ceci, ô la plus chérie des femmes, une froide tombe couvrira les restes inanimés du malheureux qui ne connaît point pour ses derniers moments de plus grande volupté que de s'entretenir avec toi.

« Quelle nuit affreuse ! Mais non... quelle nuit bienfaisante j'ai passée ! C'est cette nuit qui m'a affermi dans ma résolution : je veux mourir. Lorsque je m'arrachai hier d'auprès de toi, comme mon cœur était serré ! comme je me sentis saisi d'un froid mortel dans l'idée des tristes moments que je passe auprès de toi sans espérance ! J'eus à peine assez de force pour arriver jusqu'à ma chambre ; hors de moi, je me jetai à genoux ; grand

Dieu ! tu m'accordas pour dernière consolation les larmes les plus amères ;
mille idées, mille projets furieux s'entre-
choquèrent dans mon âme troublée et
aboutirent enfin à cette seule et dernière
pensée : je veux mourir...

« Je me couchai ; et ce matin, dans tout
le calme du réveil, je trouvai encore dans
mon cœur cette résolution ferme et iné-
branlable : je veux mourir !... Ce n'est
point désespoir, c'est parce que j'ai la
certitude que j'ai épuisé la coupe de mes
malheurs, que leur terme est arrivé, et
que je me sacrifie pour toi. Oui, Lolotte, pourquoi te le cacherais-je ? Il faut
que l'un de nous trois périsse, et ce sera
moi. O ma chère amie, dans ce cœur
envahi par la fureur, s'est glisssée l'affreuse idée de tuer ton époux !... toi !...
moi !... Il faut donc que je parte...

« Lorsque, sur le soir d'un beau jour
d'été, tu graviras la montagne, pense à
moi alors et souviens-toi combien de fois
je parcourus cette vallée ; lève les yeux
vers le cimetière qui renferme ma tombe,
et vois, aux derniers rayons du soleil,
comme le vent du soir fait ondoyer

l'herbe haute qui la couvre... J'étais
calme en commençant ma lettre, et maintenant ces images m'affectent avec tant
de force, que je pleure comme un enfant... »

Vers les dix heures, Werther appela
son domestique et lui dit, en s'habillant,
qu'il allait faire un voyage de quelques
jours, qu'il n'avait qu'à nettoyer ses
habits et préparer ses paquets. Il lui ordonna aussi de rassembler ses comptes,
d'aller chercher quelques livres qu'il avait
prêtés et de payer deux mois d'avance à
quelques pauvres à qui il avait coutume
de faire l'aumône toutes les semaines.

Il se fit apporter à manger dans sa
chambre, et, après qu'il eut dîné, il
monta à cheval pour aller voir le bailli,
qu'il ne trouva pas chez lui. Il se promena dans le jardin d'un air pensif; il
semblait qu'il voulût rassembler en foule
tous les souvenirs capables d'augmenter
sa tristesse.

Les enfants ne le laissèrent pas long-

temps en repos. Ils coururent à lui en
sautant et lui dirent que quand demain,
et un autre demain, et puis encore un
jour seraient passés, ils recevraient de
Lolotte leur présent de Noël, et là-dessus
ils lui racontèrent toutes les merveilles
que leur promettait leur jeune imagination.

« Demain, » s'écria-t-il, « et encore
demain, et puis encore un jour! »

Il les embrassa tous tendrement et
allait les quitter, lorsque le plus jeune
voulut lui dire encore quelque chose à
l'oreille. Il lui dit en confidence que
ses grands frères avaient écrit de beaux
compliments de nouvel an, bien grands,
bien grands ; qu'il y en avait un pour le
papa, un pour Albert et Lolotte, et un
aussi pour M. Werther ; qu'ils voulaient
les présenter de bon matin le premier
jour de l'an.

Ce dernier coup le terrassa. Il leur
donna à tous quelque chose, monta à
cheval, les chargea de faire ses compliments à leur père, et partit les larmes
aux yeux.

Vers les cinq heures, il rentra chez

lui, recommanda à son domestique d'avoir
soin du feu, de l'entretenir jusqu'à la
nuit, de mettre au fond du coffre ses
livres et son linge, et de serrer ses habits.

Alors il écrivit, selon toute apparence, le
fragment suivant de sa dernière lettre à
Lolotte :

« Tu ne m'attends pas ; tu crois que
je t'obéirai et que je ne te reverrai que
la veille de Noël. O Lolotte, aujourd'hui
ou jamais ! La veille de Noël, tu tien-
dras ce papier dans ta main, tu tremble-
ras et tu le mouilleras de tes larmes, je
le veux, il le faut ! Oh ! que je suis content d'avoir pris mon parti ! »

A six heures et demie, il se rendit
chez Albert, et trouva Lolotte seule, qui
fut très émue en le voyant paraître. Tout
en causant avec son mari, elle lui avait
dit que Werther ne viendrait point avant
la veille de Noël. Là-dessus, il avait sur-
le-champ fait seller son cheval, avait pris
congé d'elle en lui disant qu'il allait chez
un intendant du voisinage avec lequel

il avait une affaire à terminer, et il était
parti malgré le mauvais temps. Lolotte
savait qu'il avait différé depuis longtemps
cette affaire, parce qu'elle devait le retenir une nuit absent ; elle ne comprit que
trop bien le motif de ce délai, et son
cœur se serra. Elle réfléchissait dans sa
solitude ; sa pensée plongeait dans le
passé ; elle se rendait justice sur ses sentiments, sa conduite et sa tendresse pour
son époux, qui, au lieu du bonheur qu'il
lui avait promis, commençait à faire le
malheur de sa vie. Elle pensait ensuite
à Werther ; elle le blâmait sans pouvoir
le haïr.

Un penchant secret l'avait attachée à
lui depuis le commencement de leur connaissance, et après un si long temps,
après avoir passé par tant de situations
différentes, l'impression qu'il avait faite
sur son cœur devait être ineffaçable.
Enfin, son cœur oppressé se soulagea par
des larmes, et elle tomba dans une douce
mélancolie, où elle s'absorbait de plus en
plus. Mais quelle ne fut pas son émotion
lorsqu'elle entendit Werther monter l'es-
calier et la demander !

Il n'était plus temps de faire dire qu'elle n'y était pas, et elle n'était pas encore remise de son trouble, lorsqu'il entra dans la chambre.

« Vous n'avez point tenu votre parole ! » s'écria-t-elle d'abord.

Sa réponse fut qu'il n'avait rien promis.

« Pour notre repos commun, vous auriez dû m'accorder ce que je vous avais demandé. »

En lui disant cela, elle avait résolu en elle-même de faire prier quelques-unes de ses amies de la venir voir, pour qu'elles fussent témoins de son entretien avec Werther, dans l'idée que celui-ci, obligé de les reconduire, abrégerait sa visite. Il lui rapportait quelques livres ; elle lui en demanda d'autres ; elle tâchait de soutenir la conversation sur un ton général jusqu'à l'arrivée de ses amies, lorsque la servante revint, et lui dit qu'elles s'excusaient toutes deux, l'une sur ce qu'elle avait une visite importante de parents, et l'autre sur ce qu'elle ne se souciait pas de s'habiller et de sortir.

Ce contretemps rendit Lolotte rêveuse pendant quelques minutes, mais bientôt

le sentiment de son innocence lui inspira
une noble confiance. Elle brava les soup-
çons d'Albert, et forte de la pureté de sa
conscience, elle n'appela point la servante, comme elle l'avait d'abord projeté;
mais, après avoir joué quelques menuets
sur son clavecin pour se remettre de son
trouble, elle vint tranquillement se placer
sur le sopha auprès de Werther.

« N'avez-vous rien à lire ! » lui dit-elle.

« Rien.

— J'ai là dans un tiroir votre traduction de quelques chants d'Ossian ; je ne
l'ai point encore lue, parce que j'attendais toujours d'en entendre la lecture de
votre bouche ; mais depuis quelque temps
vous n'êtes bon à rien. »

Il sourit, alla chercher le manuscrit et
frissonna en y portant la main. Ses yeux
se remplirent de larmes lorsqu'il ouvrit
le cahier ; il se rassit et commença à lire.
Après avoir lu quelques fragments, Werther parvint à l'endroit touchant où Armin déplore la perte de sa fille bien-aimée :

« Seul, sur la roche que mouillaient les
vagues, j'entendis les plaintes de ma fille;

ses gémissements étaient perçants, et son
père ne pouvait la délivrer. Toute la nuit
je restai sur le rivage ; je la voyais, aux
faibles rayons de la lune ; toute la nuit
j'entendis ses cris douloureux. Le vent
sifflait, la pluie battait avec violence la
montagne ; avant que la lumière parût,
sa voix s'affaiblit, et elle expira, ainsi
qu'expire le vent du son parmi les plantes
des rochers. Courbée sous la douleur,
ma fille mourut, et laissa Armin seul.
J'ai perdu ma force dans les combats. J'ai
perdu l'orgueil d'avoir la plus belle des
filles.

« Quand les tempêtes tonnent sur les
montagnes, quand l'aquilon soulève les
ofits, assis sur le rivage retentissant, je
contemple le rocher fatal. Souvent, au
déclin de la lune, j'entrevois les ombres
de mes enfants qui s'embrassent et me
regardent tristement. »

Un torrent de larmes qui coula des
yeux de Lolotte et qui soulagea son cœur
oppressé interrompit la lecture de Werther ; il jeta son papier, prit la main de
Lolotte et l'inonda de ses pleurs. Lolotte
s'appuyait sur l'autre bras et se couvrait

les yeux de son mouchoir ; leur agitation
à l'un et à l'autre était effrayante. Ils sentaient leur propre misère dans la destinée
de ces héros, ils la sentaient ensemble,
et leurs larmes se confondaient. Les lèvres et les yeux de Werther, collés sur le
bras de Lolotte, l'embrasaient de leur ardeur ; elle frémissait, elle voulut s'éloi-
gner, et l'excès de sa douleur, le tendre
intérêt qu'elle prenait à cette situation
pesaient sur elle de tout leur poids. Elle
respira quelques moments pour essayer
de se remettre, et en sanglotant pria
Werther de continuer ; elle le pria d'une
voix céleste ; il tremblait ; il semblait
que son cœur voulût éclater ; il ramassa
le cahier et lut d'une voix entrecoupée :

« Pourquoi me réveiller, souffle du
printemps ? Tu me caresses et tu me dis :
« Je suis chargé de la rosée du ciel ;
« mais le temps approche où je dois me
« flétrir ; l'orage qui doit abattre mes
« feuilles est proche. Demain viendra le
« voyageur ; il viendra, celui qui m'a vu
« dans ma beauté ; son œil me cherchera
« partout dans la campagne, et il ne me
« trouvera plus... »

Le malheureux se sentit accablé de toute la force de ces paroles ; dans son désespoir il se précipita aux pieds de Lolotte, il lui prit les mains qu'il pressa contre ses yeux, contre son front ; il sembla à Lolotte qu'il lui passait dans l'âme un pressentiment du projet affreux qu'il avait formé. Ses sens se troublèrent, elle lui serra les mains, les pressa contre son sein ; elle se pencha vers lui avec attendrissement, et leurs joues brûlantes se touchèrent. Le monde entier disparut à leurs yeux ; il la prit dans ses bras, la serra contre son cœur et couvrit ses lèvres tremblantes et balbutiantes de baisers furieux.

« Werther ! » cria-t-elle d'une voix étouffée et en se détournant, « Werther ! »

Et d'une main faible elle tâchait de l'écarter de son sein.

« Werther ! » lui dit-elle enfin du ton ferme et décidé de la vertu. Il ne put y résister. Il la laissa glisser de ses bras et hors de lui, se prosterna devant elle. Lolotte se leva, et, dans un trouble douloureux, la voix tremblante, d'un accent mêlé d'amour et de colère :

« C'est la dernière fois, » lui dit-elle,
« Werther! vous ne me reverrez plus. »

Puis, jetant sur l'infortuné un dernier
regard plein d'amour, elle courut dans sa
chambre et en barricada la porte. Werther
lui tendit les bras et n'eut pas la hardiesse
de la retenir. Il était étendu par terre, la
tête sur le sopha, et il resta ainsi plus
d'une demi-heure, jusqu'à ce qu'un bruit
qu'il entendit le rappela à lui-même. C'é-
tait la servante qui venait mettre le couvert. Il se promena à grands pas dans la
chambre, et lorsqu'il se retrouva seul, il
s'approcha de la porte du cabinet et dit
à voix basse :

« Lolotte! Lolotte! encore un mot, un
mot seulement, un adieu!... »

Il garda le silence ; il attendit... Il
supplia... puis attendit encore ; alors il
s'arracha de cette porte en criant :

« Adieu, Lolotte! adieu pour jamais! »

Il courut à la porte de la ville. Les
gardes, qui étaient accoutumés à le voir,
le laissèrent passer sans lui rien dire.

La nuit était sombre. Il tombait de la
neige fondue. Il rentra vers les onze
heures du soir. Le domestique remarqua

... Il la laissa
glisser de ses bras
et, hors de lui, se
prosterna...

27

bien qu'il n'avait point son chapeau ; mais il n'osa point l'en faire apercevoir ; il le déshabilla ; tout était mouillé. On a retrouvé ensuite son chapeau sur une pointe de rocher situé sur le penchant de la montagne et qui commande la vallée ; et il est inconcevable qu'il ait pu, par une nuit obscure et humide, y grimper impunément.

Il se coucha et dormit longtemps.

Le lendemain matin son domestique qu'il appela, le trouva à écrire, lorsqu'il lui apporta son café. Il ajoutait ce qui suit à sa lettre à Lolotte :

« Pour la dernière fois donc, pour la dernière fois je rouvre mes yeux ; ah ! ils ne verront plus le soleil ; un brouillard triste et opaque les couvre. Sois donc en deuil, ô Nature ; ton fils, ton ami, ton bien-aimé s'approche de sa fin.

« Lolotte, c'est un sentiment unique, et rien ne ressemble cependant plus à un songe, que de se dire : « Ce jour est le « dernier. » Le dernier ! Lolotte, je n'ai aucune idée de ce mot, le dernier ! Au-

jourd'hui, je suis debout, j'ai toute ma
force... Et demain, couché, étendu, endormi sur la terre !... Qu'est-ce que
mourir ? Vois-tu, nous rêvons quand nous
parlons de la mort. J'ai vu mourir plusieurs personnes ; mais l'humanité est si
bornée, qu'elle n'a point d'idée nette du
commencement et de la fin de son existence. Maintenant je suis encore tout à
moi... non, non... à toi ! à toi ! ô la plus
adorée des femmes ; et dans une minute...
séparés... désunis... peut-être à jamais...
Non ! Lolotte, non. Comment puis-je
être anéanti ? Comment peux-tu être
anéantie ? Nous existons, oui !... Être
anéantis !... Qu'est-ce que cela ? C'est
encore un mot ! un vain son qui ne va
pas jusqu'à mon cœur... Mort, Lolotte !
Renfermé dans une fosse si froide, si
étroite, si obscure !...

« J'eus une amie qui était tout pour moi
dans l'exubérance de ma jeunesse ; elle
mourut, je suivis le convoi et me tins
auprès de la fosse. Quand ils descendirent le cercueil ! quand j'entendis le grin-
cement des cordes qui descendaient et
remontaient ! quand la première pelletée

de terre, tombant par mottes sur cette
bière funeste, rendit un bruit sourd, puis
plus sourd et plus sourd encore, jusqu'à
ce qu'enfin tout fût couvert !... je tombai
auprès de la fosse... saisi, profondément
troublé, déchiré jusqu'aux entrailles ; mais
je ne savais ni ce qui m'arrivait, ni ce
qui devait m'arriver... Mourir ! tombeau !
Je n'entends point ces mots-là.

« Oh ! pardonne-moi ! pardonne-moi !
Hier ! Ah ! cette minute aurait dû être la
dernière de ma vie. O ange ! ce fut pour
la première fois, oui pour la première
fois que ce sentiment d'une joie sans
bornes pénétra tout entier et sans aucun
mélange de doute dans mon âme : elle
m'aime ! elle m'aime ! Mes lèvres brûlent
encore de ce feu sacré qu'y portèrent tes
lèvres ardentes ; un torrent de délices
inonde mon cœur. Pardonne-moi ! Pardonne-moi !

« Ah ! je le savais que j'étais aimé !
Tes premiers regards, ces regards pleins
d'âme, ton premier serrement de main, me
l'avaient appris ; et cependant lorsque je te
quittais ou que je voyais Albert à tes côtés,
je retombais dans mes doutes rongeurs.

« Te souvient-il de ces fleurs que tu
me donnas dans cette fatale assemblée
où tu ne pus ni me parler, ni me tendre
la main ? Hélas ! je restai la moitié de la
nuit à genoux devant ces fleurs, et elles
furent pour moi le sceau de ton amour.
Mais hélas ! ces impressions se sont effa-
cées, comme on voit insensiblement s'effacer dans le cœur du chrétien le sentiment de la grâce de son Dieu, que le
ciel lui offrit avec profusion sous des si-
gnes sacrés et manifestes.

« Tout passe ; mais une éternité même
ne saurait éteindre la flamme que je
cueillis hier sur tes lèvres, la flamme que
je sens en moi. Elle m'aime ! ce bras a
étreint son corps ! Ces lèvres ont tremblé
sur ses lèvres ! Cette bouche a balbutié
sur la sienne ! Elle est à moi ! Tu es à
moi ! Oui, Lolotte, pour jamais !

« Qu'importe qu'Albert soit ton mari ?
Mari !... Ce n'est que pour le monde. Et
ce n'est que dans ce monde qu'il y a
crime à t'aimer, à souhaiter de pouvoir
t'arracher de ses bras ? C'est un crime ?
Soit ! Eh bien, je m'en punis : je l'ai sa-
vouré, ce crime, dans le transport de la

plus enivrante volupté ; j'ai sucé le baume
de la vie, et versé la force dans mon
cœur, de ce moment, tu es à moi, à moi,
oui, Lolotte, à moi ! Je pars devant. Je
vais rejoindre mon père, ton père ; je
porterai mes douleurs au pied de son
trône, et il me consolera jusqu'à ton arrivée ; alors je volerai à ta rencontre, je
te saisirai et je resterai uni à toi en présence de l'Eternel, dans des baisers sans
fin.

« Je ne rêve point, je ne suis point
dans le délire ! L'approche du tombeau
est pour moi une nouvelle lumière. Nous
serons, nous nous reverrons ! Nous verrons ta mère ! je la verrai, je la trouve-
rai, hélas ! et j'oserai lui dévoiler mon
cœur... ta mère, ta parfaite image. »

Vers les onze heures, Werther demanda
à son domestique si Albert était de retour. Il lui répondit que oui ; qu'il avait
vu passer son cheval. Là-dessus, Werther
le chargea de lui porter ce billet ouvert :
« Faites-moi le plaisir de me prêter

vos pistolets pour un voyage que je médite. Adieu. Portez-vous bien. »

La pauvre Lolotte avait passé la nuit dans l'agitation et le trouble. Son sang bouillonnait dans ses veines, des sentiments douloureux déchiraient son cœur. Malgré ses efforts, le feu des baisers de Werther s'était glissé dans son sein ; et en même temps l'image des jours de sa paisible innocence se retraçait à elle avec de nouveaux charmes ; il lui semblait voir d'avance les regards de son mari, elle l'entendait l'interroger d'un ton demi-triste et demi-ironique au moment où il apprendrait la visite de Werther. Elle n'avait jamais dissimulé, jamais menti, et pour la première fois elle s'y voyait inévitablement contrainte ; la répugnance, l'embarras qu'elle éprouvait aggravaient encore sa faute à ses yeux, et cependant elle ne pouvait ni haïr celui qui en était l'auteur, ni même se promettre de ne le plus revoir. Elle pleura jusque vers le

matin ; alors elle tomba de fatigue dans
un faible assoupissement.

A peine s'était-elle éveillée et habillée,
que son mari revint. Pour la première
fois, sa présence lui parut insupportable ;
elle tremblait qu'il ne découvrit, dans ses
yeux et à son air, qu'elle avait veillé et
pleuré toute la nuit, cette crainte augmentait encore son trouble. Elle l'embrassa avec une vivacité qui décelait plutôt son agitation et ses remords qu'une
véritable joie. Albert s'en aperçut, et,
après avoir décacheté quelques lettres, il
lui demanda sèchement s'il n'y avait rien
de nouveau, et s'il n'était venu personne
en son absence.

« Werther » lui répondit-elle en hésitant,
« est venu hier et a passé une heure ici.

— Il prend bien son temps, » dit
Albert ; puis il se retira dans son cabinet.

Lolotte était restée seule un quart
d'heure. La présence d'un époux qu'elle
aimait et qu'elle respectait avait fait
sur son cœur une impression nouvelle. Elle se rappelait toute sa bonté, la
noblesse de son caractère, son attachement pour elle et elle se reprochait de

l'en avoir si mal récompensé. Une voix
secrète lui disait de le suivre. Elle prit
son ouvrage, comme cela lui était arrivé
plusieurs fois, entra dans son cabinet, et
lui demanda s'il avait besoin de quelque
chose. Il lui répondit : non ! et se plaça à
son bureau pour écrire. Elle s'assit, et se
mit à tricoter.

Ils passèrent ainsi une heure ensemble;
et comme Albert se levait de temps en
temps pour aller et venir, répondant à
peine à ce que Lolotte pouvait lui dire, et
se remettant à son bureau, elle tomba dans
une tristesse d'autant plus amère, qu'elle
tâchait de la cacher et de dévorer ses larmes.

L'apparition du domestique de Werther
vint mettre le comble au trouble de Lolotte. Il présenta le billet à Albert, qui,
se tournant froidement vers sa femme,
lui dit : « Donne-lui les pistolets... Je
lui souhaite un bon voyage, » dit-il au
valet. Ces mots furent pour Lolotte
comme un coup de foudre. Elle se leva
en chancelant, s'approcha lentement de la
muraille, et prit en tremblant les pistolets.
Elle en essuyait la poussière, hésitait à
les donner, et aurait différé plus long-

28

temps, si un coup d'œil d'Albert ne l'eût obligée d'en finir. Il ajouta d'un ton expressif : « Qu'attendez-vous ? »

Elle remit donc l'arme funeste au domestique, sans avoir la force de proférer un seul mot ; et dès qu'il fut sorti, elle replia son ouvrage et se retira dans sa chambre, accablée d'une poignante douleur. Son cœur lui présageait les plus affreux malheurs. Tantôt elle était sur le point de se jeter aux pieds de son mari, de lui découvrir tout ce qui s'était passé le soir précédent, sa faute et ses pressentiments. Bientôt après elle ne voyait plus que l'inutilité d'une pareille démarche, et que surtout elle ne pourrait engager Albert à aller chez Werther. On mit le couvert, et une voisine, priée par Lolotte de rester à dîner, rendit le repas supportable ; on se contraignit, on causa, on conta et on finit par s'étourdir.

Le domestique arriva chez Werther avec les pistolets. Il les prit avec transport, lorsqu'il apprit que c'était Lolotte qui les avait donnés. Il se fit apporter du pain et du vin, envoya dîner son valet, et se mit écrire :

« Ils ont passé par tes mains, tu en as
ôté la poussière, je les baise mille fois,
tu les as touchés. Ah ! le ciel approuve
et favorise ma résolution ! Et toi, Lolotte,
tu me fournis l'instrument de la mort ; et
c'était de tes mains que je voulais la recevoir. Oh ! j'ai interrogé mon domestique, tu as tremblé en les lui présentant :
tu ne m'as pas fait dire adieu ! Malheur !
malheur à moi ! Point d'adieu !... La minute qui m'unit pour jamais à toi m'au-
rait-elle fermé ton cœur ? O Lolotte, c'est
une impression qu'un siècle de siècles ne
pourra effacer ! Et je le sens, tu ne saurais haïr celui qui brûle ainsi pour toi. »

Après dîner, il ordonna au domestique
d'achever les paquets ; il déchira divers
papiers, sortit et mit encore quelques
petites affaires en ordre. Il revint à la
maison, sortit ensuite de la ville, et alla,
malgré la pluie, dans le jardin du comte,
puis plus loin dans la campagne. Il revint à la tombée de la nuit et se mit à
écrire :

« Guillaume, j'ai vu, pour la dernière
fois, les montagnes, les forêts et le ciel.
Adieu, chère mère ! pardonne-moi. Con-

sole-la, Guillaume. Que Dieu vous bénisse ! Toutes mes affaires sont en ordre.
Adieu ! Nous nous verrons, nous nous
reverrons plus heureux. »

« Je t'ai mal payé de retour, Albert,
mais tu me le pardonnes. J'ai troublé la
paix de ton ménage ; j'ai porté la défiance parmi vous. Adieu, je vais mettre
fin à tout cela. Oh ! puisse ma mort
vous rendre la paix ! Albert ! Albert !
rends cet ange heureux, et que la béné-
diction du ciel descende sur toi ! »

Il fit encore le soir plusieurs recherches dans ses papiers, en déchira beaucoup qu'il jeta dans le poêle, cacheta
quelques paquets adressés à Guillaume :
ils contenaient de petits mémoires, quelques pensées détachées, que j'ai vues en
partie. A dix heures, après avoir donné
ordre qu'on mit du bois au poêle, et
s'être fait apporter une bouteille de vin,
il envoya coucher son domestique, dont
la chambre, ainsi que celle où couchaient
les gens de la maison, était fort éloignée
sur le derrière. Le laquais se jeta au lit
tout habillé pour être prêt de bonne
heure ; car son maitre lui avait dit que

« Ils ont passé par
tes mains... »

les chevaux de poste seraient devant la
porte avant six heures.

A onze heures passées.

« Tout est calme autour de moi, et
mon âme est si tranquille ! Je te remercie, ô mon Dieu ! de m'accorder cette
chaleur et cette force, dans ces derniers
moments !

« Je m'approche de la fenêtre, ô ma
chère amie, et je vois encore quelques
étoiles dans ce ciel éternel briller isolées
au travers des nuages orageux qui fuient
par-dessus ma tête. Astres brillants, non,
vous ne tomberez point ! L'Éternel vous
porte, ainsi que moi, dans son sein. J'ai
encore vu la Grande-Ourse, la plus belle
de toutes tes constellations. Quand je
sortais le soir de chez toi, elle brillait
vis-à-vis de ta porte ! Avec quelle extase
ne l'ai-je pas souvent contemplée ! Combien de fois n'ai-je pas élevé mes mains
vers elle, pour la prendre à témoin de
ma félicité ! Et même... O Lolotte,
qu'est-ce qui ne me rappelle pas ton souvenir ! Ne m'entoures-tu pas de tous

côtés, et n'ai-je pas, comme un enfant,
dérobé mille bagatelles inutiles, que tes
mains ont consacrées en les touchant ?

« Cher portrait, qui me fus si cher !
Je te le rends, Lolotte, je te le lègue, je
te conjure de l'honorer. J'y ai imprimé
mille et mille baisers ; mille fois mes
yeux l'ont salué, lorsque je sortais de
chez moi, ou que j'y rentrais.

« J'ai écrit à ton père pour le prier de
protéger mon corps. Il y a au fond du
cimetière, dans le coin à côté des champs,
deux beaux tilleuls ; c'est là que je désire reposer. Il fera cela pour son ami, il
le peut. Joins tes prières aux miennes.
Je ne compte point que de pieux chré-
tiens veuillent faire enterrer leurs cada-
vres près de celui d'un pauvre malheureux. Hélas ! je voudrais être déposé
dans quelque vallon solitaire ou sur les
bords d'un grand chemin, afin que le
prêtre et le lévite pussent lever les yeux
au ciel et rendre grâces au Seigneur, en
passant près de ma tombe, tandis que le
Samaritain donnerait une larme à mon
sort.

« O Lolotte, je prends d'une main

ferme et assurée ce fatal calice où je dois
boire le vertige de la mort. Tu me le
présentes, et je le reçois sans trembler.
Tous mes vœux, toutes les espérances
de ma vie sont remplis. Je vais heurter
avec sang-froid à la porte d'airain du
trépas ! Que n'ai-je eu le bonheur, Lolotte, de mourir pour toi ! de me dévouer
pour toi ! Je mourrais de grand cœur,
je mourrais joyeux, si je pouvais te rendre le repos, le bonheur de ta vie. Mais,
hélas ! il n'a été donné qu'à quelques
héros de verser leur sang pour ceux qui
leur étaient chers, et de leur rendre en
mourant une vie nouvelle et centuplée.

« Je veux, Lolotte, être enterré avec les
habits que je porte maintenant. Tu les
as touchés, ils sont sacrés. J'ai aussi
demandé cette grâce à ton père. Mon
âme plane sur ma tombe. On ne doit
point chercher dans mes poches. Ce nœud
de rubans roses qui parait ton sein, le
premier jour que je te vis au milieu de
tes enfants... Oh ! donne-leur mille baisers, et raconte-leur le sort de leur malheureux ami. Les chers enfants, il me
semble les voir sauter autour de moi.

Ah! comme je m'étais attaché à toi!
Depuis ce premier moment il me fut impossible de te quitter. Ce nœud de rubans, je veux qu'il soit enterré avec moi.
Tu m'en fis présent à l'anniversaire de
ma naissance! Comme je dévorais tout
cela!... Hélas! je ne prévoyais guère que
cette route me conduirait où je suis!...
Sois tranquille, je t'en conjure, sois tranquille...

    « Ils sont chargés... Minuit sonne!...
Partons... Lolotte! Lolotte! adieu!
adieu!... »

    Un voisin vit la lumière de la poudre,
et entendit l'explosion; mais aucun bruit
ne l'ayant suivie, il ne s'en mit pas plus
en peine.

    Le lendemain, à six heures, le domes-
tique entra dans la chambre avec de la
lumière: il trouva son maître étendu par
terre, baigné dans son sang: il l'appelle,
se penche sur lui; point de réponse;
seulement il râlait encore. Il court chez
le médecin, chez Albert. Lolotte entend
la sonnette: un tremblement universel

la saisit. Elle éveille son mari, ils se
lèvent. Le domestique désolé leur apprend
la fatale nouvelle en sanglotant : Lolotte
tombe évanouie aux pieds d'Albert.

Lorsque le médecin arriva, il trouva le
malheureux à terre dans un état désespéré ; le pouls battait ; mais la balle,
entrant au-dessus de l'œil droit, lui avait
fait sauter la cervelle. On le saigna cependant au bras, le sang coula ; Werther
respirait encore.

On pouvait juger, par le sang qu'on
voyait autour du fauteuil, que Werther
avait tiré le coup assis devant son bureau. De là il avait glissé à terre, s'était
roulé autour du fauteuil dans des mouvements convulsifs ; et lorsque ses forces
avaient été épuisées, il était resté auprès
de la fenêtre étendu sur le dos. Il était
tout habillé et tout botté, en frac bleu et
en veste jaune.

Les gens de la maison, ceux du voisinage et de la ville entière accoururent
bientôt en tumulte. Albert entra. On
avait mis Werther sur son lit ; il avait le
front bandé ; la mort était déjà peinte
sur son visage ; il ne remuait aucun de

ses membres ; il râlait encore d'une manière effrayante, tantôt faiblement, tantôt plus fort ; on attendait à chaque instant son dernier soupir.

Il n'avait bu qu'un verre de vin. *Emilia Galotti* était ouverte sur le bureau.

Souffrez que je passe sous silence l'accablement d'Albert et la désolation de Lolotte.

Aussitôt qu'il eut appris la nouvelle, le vieux bailli accourut à toute bride, et embrassa le mourant en pleurant à chaudes larmes. Les plus âgés de ses fils vinrent bientôt après lui à pied. Ils tombèrent auprès du lit de leur ami dans le plus violent désespoir ; ils lui baisaient les mains et la bouche, et le plus grand, qui avait toujours eu la première place dans son amitié, resta collé sur ses lèvres jusqu'à son dernier souffle, et il fallut employer la violence pour l'en arracher.

A midi, Werther mourut.

La présence du bailli et ses précautions continrent le peuple. Le soir, sur les onze heures, il fit enterrer le corps de l'infortuné dans l'endroit qu'il s'était choisi. Le vieillard, acompagné de ses

fils, suivit le convoi : Albert n'en eut pas
la force. On craignait pour la vie de
Lolotte. Des manœuvres transportèrent
le corps ; aucun pasteur ne l'accompagna.

Petite

Collection Guillaume

IN—8° NELUMBO

❧

La *Petite Collection Guillaume* des auteurs classiques Français et Étrangers n'est pas une collection classique au sens étroit du mot. Loin de se restreindre, elle comprendra un choix de joyaux littéraires de *toutes* les époques comme de *tous* les pays. Les chefs-d'œuvre modernes, contemporains même, y coudoieront les chefs-d'œuvre anciens. On y

rencontrera, à côté de la grande littérature européenne — grecque, latine, fran-
çaise, italienne, espagnole, slave, anglaise,
allemande, scandinave — des romans de
l'Inde, de la Chine, du Japon, de la
Perse, de l'Arabie, des récits exquis,
émouvants, étincelants, dont beaucoup
auront pour le public tout le charme de
l'inconnu.

La *Petite Collection Guillaume* justifiera
ainsi sa devise :

Si est livres que ne se peuvent ignorer,
si tant plus ne peuvent ne se posséder.

Et elle la justifiera *matériellement* par
l'extrême bon marché de ses petits livres,
commodes et luxueux, livres de chevet et
de voyage autant que de bibliothèque.

EN VENTE :

Chez E. DENTU, 3, place de Valois
Paris

Prix : 2 fr. le volume

SOUS PRESSE :

L'ABBÉ PRÉVOST.	*Manon Lescaut* . . .	1 vol.
GŒTHE	*Werther*	1 vol.
BYRON.	*Le Corsaire et Lara.*	1 vol.
B. DE ST-PIERRE.	*Paul et Virginie* . .	1 vol.
ALPH. DAUDET. .	*L'Arlésienne.* . . .	1 vol.
NATESA SASTRI. .	*Le Porteur de Sachet.*	1 vol.
	(Roman hindou)	

———— × ————

Il est tiré de chacun de ces ouvrages un petit nombre
d'exemplaires sur vélin de cuve des papeteries du Marais

Prix : 5 francs

———— × ————

EN PRÉPARATION :

STERNE.	*Le Voyage Sentimental*	1 vol.
DIDEROT	*La Religieuse.* . . .	1 vol.
—	*Le Neveu de Rameau.*	1 vol.
HOMÈRE	*L'Odyssée.*	1 vol.
—	*L'Iliade.*	1 vol.
VOLTAIRE. . . .	*Candide.*	1 vol.
TOLSTOÏ	*Mort d'Ivan Illitch.*	1 vol.
CHATEAUBRIAND.	*Atala.*	1 vol.
DICKENS.	*Le Grillon du Foyer.*	1 vol.
J.-J. ROUSSEAU.	*La Nouvelle Héloïse* .	1 vol.
POUCHKINE . . .	*Dombrowski.*	1 vol.
PLATON.	*Gorgias.*	1 vol.
DANTE	*L'Enfer.*	1 vol.
—	*Le Paradis.*	1 vol.
GŒTHE.	*Hermann et Dorothée.*	1 vol.
ESCHYLE	*Prométhée.*	1 vol.
LA FONTAINE. .	*L'amour et Psyché.* .	1 vol.

SCHILLER. . . . *Les Brigands*. . . . . 1 vol.
PERRAULT . . . *Contes*. . . . . . . 1 vol.
APULÉE. . . . *L'Ane d'or*. . . . . . 1 vol.
THACKERAY. . . *Le Livre des Snobs*. . 1 vol.
TOURGUÉNEFF . *Un Désespéré*. . . . . 1 vol.
EDGAR POE. . . *Le Scarabée d'or*. . . 1 vol.
SHAKESPEARE . . *Roméo et Juliette* . . 1 vol.

Romans *Picaresques*. Romans et contes :
Hindous, — Chinois, — Japonais, — Persans,
Arabes.

Le Cid Campéador. — *Le roman du Renard*.
— *Les Niebelungen*, etc., etc.

———•———

CES VOLUMES

sont imprimés, gravés et brochés

dans les ateliers de Edouard Guillaume

Éditeur-Imprimeur de la *Collection Guillaume*

105, boulevard Brune, 105

PARIS

Made at Dunstable, United Kingdom
2023-04-25
http://www.print-info.eu/